Material de construcción

EIDER RODRÍGUEZ

Material de construcción

Traducción de Lander Garro y Eider Rodríguez

RANDOM HOUSE

Papel certificado por el Forest Stewardship Council®

Título original: *Eraikuntzarako materiala*

Primera edición: febrero de 2023

© 2022, Eider Rodríguez
SalmaiaLit Agencia Literaria
© 2023, Penguin Random House Grupo Editorial, S. A. U.
Travessera de Gràcia, 47-49. 08021 Barcelona
© 2023, Lander Garro y Eider Rodríguez, por la traducción

La traducción de este libro ha sido subvencionada por el Instituto Vasco Etxepare

Printed in Spain – Impreso en España

ISBN: 978-84-397-4152-7
Depósito legal: B-22.359-2022

Compuesto en La Nueva Edimac, S. L.

Impreso en Liberdúplex
(Sant Llorenç d'Hortons, Barcelona)

RH 4 1 5 2 7

Siempre se piensa mejor cuando faltan las palabras.

DONNA HARAWAY

No eres tú quien hablará; deja que el desastre hable en ti, aunque sea por olvido o por silencio.

MAURICE BLANCHOT

I

5 de diciembre de 2018

Estoy al lado de papá, en una habitación especial de la unidad de ictus. Solo puede entrar una visita cada vez. Nunca le han gustado las multitudes, o sea que no le importará. A nosotras tampoco. Seguramente la única manera de hablarle sea estando los dos a solas, él inconsciente y yo aterrada. Antes, cuando he llegado, estaban la tía Lourdes y mamá. Excepcionalmente, nos han dejado entrar juntas a la habitación. No ha habido el más mínimo gesto de cariño entre nosotras, nada de besos, ni de abrazos, ningún contacto. Únicamente frases funcionales: qué habrá sido, hoy ha dormido en el sofá porque le dolía la espalda, por la mañana ha desayunado como siempre, ha salido de la oficina a las once, han llamado del taller, no quería subir a la ambulancia.

Nos hemos quedado calladas cuando el médico ha dicho que ha tenido un derrame y que las próximas horas serán decisivas. Ni llantos, ni manos temblorosas, ni melés; silencio. Una pregunta técnica:

—Al decir «próximas horas», ¿a qué se refiere exactamente? ¿Dos horas? ¿Veinticuatro? ¿Cuarenta y ocho?

No queremos molestar, una pregunta tonta para ahuyentar el silencio.

—Las próximas. Hay que parar la hemorragia. Pero con el *problema hepático* que tiene —la maravilla de la economía del lenguaje, más de treinta años comprimidos en dos palabras—, se complica lo que ya de por sí sería grave. Le quedan pocas

plaquetas. Le vamos a poner más, pero el páncreas... Vamos a
ver cómo responde su cuerpo.

Las piedras resuenan en el desierto.

La muerte empieza a alborotar.

—Una última cosa: esta unidad se rige por ciertas normas,
el paciente ha de estar tranquilo, las visitas solo pueden entrar
de una en una.

Mejor así; nos molestamos mutuamente, perjudica-
mos al grupo y a nosotras mismas cuando nos juntamos
más de un miembro de la familia. Nuestra Constitución familiar no escrita es draconiana en el apartado referido a los
afectos.

Artículo 18.2: No se llorará en público, a no ser que haya una
muerte de por medio. En tal caso:

a. El llanto será usado para el drenaje emocional.

b. El llanto se limitará al inicio de la situación causante del
impacto y de ninguna manera se prolongará en el tiempo.

Artículo 18.3: No se comerciará con el dolor.

a. No se permitirán exhibiciones de los procesos fisiológi-
cos que puedan derivarse como consecuencia del dolor.

b. El dolor no será utilizado como instrumento de chantaje. Tan despreciable como hacer chantaje será someterse al
chantaje fundamentado en el dolor.

Artículo 18.4: Situaciones de excepción:

a. Llorar a causa de una ficción es un derecho, siempre
y cuando se retome la compostura una vez concluida la
misma.

b. Se prohíbe toda expresión de amor, emoción, ternura y
empatía. Están exentas de esta prohibición las relaciones con
animales y con niños menores de seis años.

La intimidad es el único ámbito en el que se puede violar la
ley sin consecuencias legales.

Papá y yo nos hemos quedado a solas. Es mediodía y por un momento he hecho algo inconstitucional: le he acariciado el pelo, le he tocado un brazo. Es suave.

Nunca lo había visto tan de cerca. No desde que tengo consciencia.

Es curioso: mamá y la tía no comparten la misma sangre, y sin embargo, en algún lejano momento, abrazaron la misma doctrina; mientras que mi padre, a pesar de ser el nexo que une a ambas mujeres, es el único de los tres que no posó la mano entera sobre aquella biblia. Cuesta decir quién es la oriunda y quién la extranjera que para naturalizarse ha claudicado y ha elegido vivir de acuerdo con estos valores, estos derechos y estas responsabilidades.

6 de diciembre, día de la Constitución española
«No consigo hacerme entender» ha sido la única frase que le hemos entendido en todo el día, después «barbarbar chocolate barbarbar chocolate».

7 de diciembre de 2018
Ha empezado a hablar. También a mover las extremidades. Le duele mucho la cabeza. Parece que ha estado en otro sitio y no en esta habitación del hospital. Parece que ha despertado en otro lugar. Estoy contenta.

Me dice que lo encontraron metido en el coche tras haber chocado contra un árbol, en la carretera que va de Oiartzun a Rentería, que venía de pagar una reparación en el taller y que lo trajeron al hospital rápidamente.

8 de diciembre de 2018
Le he dado de comer. Primero puré, después un yogur. Le he dado de comer con una devoción con la que nunca he dado de comer a mis hijos.

Hemos dejado el plato limpio.

He cogido uno de los pañuelos de tela que le ha dejado mamá en la mesilla, están al lado del frasco de Loewe. Con un extremo le he limpiado los labios, suavemente, despacio, como dando los últimos retoques a un cuadro que no se quiere terminar.

He colocado mis manos a ambos lados de su cara.

Te lo has comido todo.

Le he dicho.

Tenías hambre.

Le he dicho.

Te pondrás bien.

Le he dicho.

Le he hablado mirándole a los ojos por primera vez en mi vida. No sé si entiende del todo lo que digo, pero ha aguantado la mirada.

Me da vergüenza escribir sobre mi padre.

En la tradición labortana y bajonavarra, «miedo» se dice *lotsa*, «vergüenza». En México y en Colombia a la vergüenza se le llama «pena». En inglés, español y francés se asocia la vergüenza al embarazo, pero en euskera *enbarazu* significa «estorbo», «molestia» o «problema». Parece ser que el familiar más lejano de esta palabra es *embaraçar*, del portugués o asturiano, que equivalía a «cuerda». Más tarde significó «preñarse», tanto en portugués como en asturiano y en gallego. A esto en euskera también se le dice «llenarse», *bete*, o «cargarse», *kargatu*.

No creo en los sinónimos. No creo en las traducciones.

Necesito simular el silencio para que las palabras tengan algún significado, y aun así, el más verosímil de los silencios no asegura nada.

Quizá todo se deba a un problema lingüístico. Desde el principio.

Le han dado el alta, pero no puede volver al trabajo. Le han dicho que necesita descansar, quizá retirarse. Al salir de clase he pasado por su casa. Lo he encontrado dormido en la butaca, recostado, con las piernas estiradas.

Sobre la mesa, *El Diario Vasco* doblado por la página de los crucigramas, y al lado las gafas de leer. He cogido el periódico y he visto que las letras están colocadas fuera de las casillas correspondientes, aunque arman la respuesta correcta: «Voz de mando: ar», «Agarrar: asir», «Lesioné, laceré: lastimé». Nunca habría pensado que fuera a ser capaz de hacer crucigramas nada más salir del hospital. Le ha cambiado la letra.

Tiene el pelo de un niño, color tabaco, revuelto. Me da vergüenza mirarle mientras duerme.

Mamá le ha despertado gritando su nombre desde el umbral de la puerta, que se despierte, que estoy allí.

Me ha mirado con sorpresa, como si no me conociera. Siempre lo ha hecho. Me ha vuelto a contar lo del accidente.

Se le ha puesto un ojo saltón por culpa de la hemorragia, parece ser que empuja desde atrás. Habla con bastante claridad, aunque más despacio que de costumbre. Cuando alguna palabra no le viene, pelea con los labios.

¿Has visto?

Dice señalando el periódico.

Con el tembleque no puedo sujetar bien el boli.

Dice.

Luego, en la cocina, mamá me ha dicho que papá lo ve todo cortado por la mitad, en vertical. También me ha dicho que no pinta bien. «¡Qué suerte la nuestra…! ¡Tener que pasarnos esto ahora!». Cuando mamá dice «ahora» tratándose de papá se refiere a Desde Que Dejó De Beber.

Ha cogido un vaso y lo ha llenado de leche.

Llévaselo.

Dice.

Nunca he visto a papá beber leche.

En francés se le dice *sevrage* a detener el consumo de algo, dicen *sevrage tabagique* o *sevrage alcoolique*. Se usa la misma palabra, *sevrage de l'allaitement*, para hablar de la interrupción de la lactancia materna, tanto en animales como en humanos.

Faltan cuatro días para Navidad y ya empiezo a estar de mal humor.

No existe acontecimiento más normativizante que la Navidad, ni siquiera las bodas, en las que a menudo suceden cosas inesperadas en los baños.

Sé a ciencia cierta lo que va a pasar: papá abrirá los regalos, antes de terminar de quitar el papel se aburrirá y dejará caer el paquete al suelo murmurando «Muy bonito» sin ni siquiera sacarlo del envoltorio. Si es una camisa no la desplegará, si es un jersey no lo tocará, si son unos zapatos no se los probará; únicamente concederá algo de audiencia a los perfumes. Pero mi madre, Arrate y yo seguiremos haciendo regalos, como si el hecho de participar de esa ceremonia nos permitiera el acceso a algún lugar.

Este año, como casi todos, le voy a regalar un perfume. Echará una ráfaga al aire y ese olor mitigará el daño que provoca permanecer sentada a su lado.

Nací en una familia salvaje, en la que mi madre insistía en que no me mentiría aunque la verdad fuera terrorífica y mi padre reivindicaba su derecho a odiar libremente. Estaban tercamente comprometidos con la verdad y con la rabia.

Mi padre era un borracho, aunque sé de sobra que la palabra «borracho» no significa casi nada. Sirve para clasificar, para separar a los que beben mucho y mal de los que beben poco y bien, y, según Aristóteles, clasificar es un medio necesario para alcanzar el conocimiento, de la misma manera que hablar, aun con palabras decadentes, es la única cuerda que tenemos para sujetar todo esto. No podemos evitarlo, pero la palabra «borracho» apenas significa nada, porque no todos los borrachos son iguales: el borracho se hace, y ni siquiera el más borracho de entre todos los borrachos está siempre borracho.

Soy una niña, nos hemos despertado tarde, he perdido el autobús, mamá ha llamado a papá al trabajo para que me lleve a la escuela; mamá no sabe conducir y no aprenderá nunca. Siempre dispuesto, al cabo de un cuarto de hora papá llamará al timbre. Está frente al portal, el coche sobre la acera, me está esperando. Ya está borracho.

No aparto la mirada de la carretera. Hay una mezcla de olores: a cuero de la cazadora de mi padre, a ambientador de pino y a alcohol. En adelante no seré capaz de distinguirlos por separado. Todas las chaquetas de cuero me huelen a alcohol, los ambientadores de pino a cuero y el olor a coche nuevo me lleva inevitablemente hasta mi padre.

Hemos llegado a la escuela. Como si pudiera oler lo que yo siento, papá no sale del coche, no me acompaña hasta la puerta de clase, no se acerca a las profesoras.

Soy una niña y nunca voy a casa de nadie. Vete a saber qué padres tienen, anda mucho cerdo suelto por ahí. Como nunca voy a casa de nadie, pocos niños vienen a la mía, aunque de vez en cuando se cuela alguien. Papá ha llegado con una buena castaña, ha abierto la puerta de la habitación, estoy sentada en la cama con mi amiga, le acaricia el pelo, luego se agacha hacia mí, me da un beso mojado, me hace cosquillas en las axilas obligándome a tumbarme, Quiliquiliquili, dice con la lengua gorda. Le cuesta mover los dedos con agilidad: me hace daño.

Soy una niña, y voy a casa de esa amiga. Cuando estamos merendando en la cocina, su padre llega del monte y se apoya en la pila quitando con un palillo el barro pegado a las suelas de sus botas. Ha lavado a mano los calcetines de lana y los ha dejado escurrir colgándolos del grifo. Camina descalzo por casa, con los bajos de los pantalones remangados. Cuando me ve me saluda por mi nombre, no hace caso a su hija. Es el hombre perfecto.

Soy una niña y voy con un amigo por la calle Viteri. Es la calle principal de Rentería, y la gente elegante y quienes aspiran a serlo se pasean por ella, vestidos de fin de semana los que aún creen en los domingos. Es una zona peligrosa para mí, ya que es una época en la que papá aún bebe en esos bares y de día, pero inevitablemente tengo que atravesarla para llegar a casa. Veo a un hombre de espaldas en mitad de la calle, con cazadora de cuero, dando tumbos como en los dibujos animados. Es mi padre. Parece que nadie lo ve excepto yo. Sigo charlando con mi amigo, y tampoco él se da cuenta de que es mi padre. Al llegar a su altura, cada uno lo esquiva por un costado y seguimos charlando.

Soy una niña.

Un pato blanco enorme, dos o tres veces más grande que yo, con un sombrero de gondolero y una pajarita verde esmeralda. Hasta ahora era una presencia, un fantasma que siempre me rondaba. Hace ya unos años que he conseguido verlo, y aunque no lo he hecho desaparecer, al menos sé lo que es: un pato gigantesco, con sombrero de paja y esa ridícula pajarita.

La vergüenza es una emoción asociada a la moral y a la conciencia. A la censura, a la mirada ajena, a la duda acerca de si una es digna de ser querida. Su símbolo es la mancha, aquella que no se puede limpiar y que es objeto de todas las miradas. De lo sublime a lo humillante hay medio milímetro, leí que decía un sastre.

Papá me dice que para saber si alguien es pulcro de verdad no hay como mirar el interior de sus libros, que ahí está la esencia de cada uno. Porque se lee en soledad y porque en soledad somos lo que realmente somos. Se refería entonces a los libros de texto y a las manchas y borrones que podrían esconder, o eso pensábamos ambos.

Es un sentimiento tan narcisista que da vergüenza avergonzarse.

La vergüenza destruye la identidad de la persona, hace que toda la existencia se condense en esa tara: no importa lo que diga o haga, la persona creerá que durante toda su vida, para el resto del mundo, no será más deseable que una oruga. Y es tan vulnerable, es tan carne herida, que desea morir sin hacer ruido, que la tierra la engulla, un sueño veloz de autodestrucción, desexistir.

Desaparecer, retirarme, esconderme: comienzo a nadar a los nueve años y nadaré casi todos los días durante otros nueve. Llego a las siete y media al vestuario del polideportivo, el olor a cloro y a lejía me pertenecen. Padezco otitis crónica, y por eso tengo que utilizar unos tapones de silicona hechos a medida. Cuando me pongo el gorro no oigo casi nada más allá de mi respiración y del agua. En la piscina juego a distinguir los diferentes sonidos: el impacto de la gente al zambullirse, las burbujas trepando desde el fondo hasta la superficie, la alegría de las salpicaduras, las corrientes que se abren paso seductoramente, y el que más me gusta, el sigiloso, triste y de alguna manera hermoso sonido que hace mi cuerpo al deslizarse, sobre todo cuando el modo de nadar es particularmente preciso. Son entrenamientos de dos kilómetros, crol y mariposa son mi especialidad, las distancias cortas y la potencia. A pesar de que ganaré unas cuantas medallas, jamás las expondré en mi habitación, por un lado, porque soy demasiado vanidosa para fanfarronerías de tan poco calibre, y por otro, por la rabia que me genera no tener un público que pueda admirarlas.

Hace poco las tiré todas a la basura, en una batallita doméstica supuestamente contra el ego. Todavía nado todos los veranos. Hago mariposa hasta reventar y, al ser un estilo tan escandaloso, intento no tener a nadie alrededor que pueda verme. Todos los años busco sentir esa fuerza, creo que en el fondo es una manera de intentar volar.

Llego a casa pasadas las diez de la noche. Engullo la cena que me ha preparado mi madre, junto a una lata de Coca-Cola, sola en la cocina. La cocina es marrón. Todo es marrón en ella, hasta los bordes de los platos. Me seco el pelo y a la cama. Me voy a la cama, digo siempre en un susurro. Las paredes de mi habitación están llenas de dibujos hechos por mí. A mi madre no le importa. Dice que tengo imaginación, que eso es bueno. No pierde el tiempo con pequeñeces.

Durante muchos años los entrenamientos me valdrán para deshacerme de las penosas horas entre la vuelta del colegio y el momento de ir a dormir. Cuando vuelvo de entrenar, en el mejor de los casos ellos estarán en la sala, mamá viendo la tele y mi padre durmiendo la mona. La sala es la única habitación grande de la casa. En la pared donde está apoyado el sofá hay una reproducción del *Guernica* con un marco de aluminio. En el resto de las paredes se van amontonando máscaras que mi padre compra a los vendedores ambulantes senegaleses en sus cada vez más escasas borracheras alegres. A mamá no le gustan esas máscaras.

No es que no me gusten. Me dan miedo, vete a saber para qué son realmente.

Dice, mientras estira el brazo para limpiarlas con un plumero manteniendo las distancias.

También hay un látigo que recorre una pared apoyado sobre clavos, como recreando un slalom.

En un rincón de la sala hay una barra en forma de L de unos dos metros de largo. Es de madera oscura, cubierta en parte por baldosa y en parte por una malla con forma de celosía, lo que le da aspecto de confesionario. Al fondo, un espejo y, frente a él, bebidas especiales: pacharanes en vidrio biselado, botellas de champán decoradas con filigranas de metal, whisky, coñac, brandy, aguardiente. Sobre el mostrador está el teléfono y dentro de la barra hay estanterías en las que se guardan los cartones de leche, las conservas, la plancha con su correspondiente manta, el garrafón de vino, el sifón, los cartones de Winston americano y las latas de Coca-Cola.

En el peor de los casos, mi padre aún no habrá llegado a casa y correré el riesgo de encontrármelo en el pasillo. Anuncia su llegada: la llave luchando por penetrar en el cerrojo, la madera herida. Siempre ha tenido la dignidad de no tocar el timbre.

Control: he encontrado consuelo en la ortografía, las cosas pueden estar bien o mal, y yo me pondré de lado del bien, del orden, de la corrección, del conocimiento y de la élite. Le he corregido un error a la profesora de lengua castellana; No se dice «jabalís», se dice «jabalíes». Quiero alejarme de quienes cometen errores, desde el punto de vista moral estoy un escalón por encima, los errores ajenos me causan placer, cabe un futuro entero en una hache mal puesta, la adicción a la droga es la más tierna de las calamidades que les pueden suceder. Siento compasión por las amigas que cometen faltas y desprecio por los desconocidos que escriben mal. Durante la adolescencia le quitaré el saludo a un aspirante a poeta que recitará en público «Soñastes que volastes».

Me avergüenza que subrayen mis fallos con tinta roja, es la constatación de que no merezco nada bueno. Un día encontraré un error en un albarán rellenado por mi padre en la mesa de la oficina. No le ha puesto tilde a una palabra que, por lo demás, está escrita con letra hermosa. No puedo creerlo. Algo en mi interior se derrumba, pero al mismo tiempo ese algo no soy yo, me he salvado. En ese error vive un señor al que no conozco.

Ponerme pinzas de tender la ropa en las yemas de los dedos, esconder las manos bajo la manta. Las de madera son las mejores. Al principio bastará con un par de minutos, pero a medida que vaya ejercitándome en el dolor tendré que aguantar durante más tiempo para poder llegar a sentir verdadero placer. El corazón late a ambos lados de las pinzas, bombea para que la sangre llegue hasta las puntas. Los dedos se vuelven morados, luego las manos se ponen blancas. Ha llegado el momento: soltar las pinzas de una en una, saborear la catarsis. En el camino del adiestramiento del tormento, las lecturas cumplirán más adelante la función de las pinzas.

Agresión: tenemos diez u once años. En clase hay una niña llamada Goizeder que tiene, según dicen, «problemas en casa». La compañera que le lleva los deberes cuando está enferma me ha dicho que vive en una casa grande y decrépita. La vida de la niña con problemas me despierta curiosidad. Lleva coletitas y lazos demasiado infantiles para su edad y tiene un ayudante en clase, un señor grande que suele sentarse a su lado, y yo puedo sentir la vergüenza de esa niña por tener al lado a un hombre a quien el pupitre le queda diminuto, gritando a los cuatro vientos lo que debería pasar desapercibido: esta pobre niña es tonta, pero hagamos como si no nos hubiésemos dado cuenta. Parece estar siempre asustada. La miro almorzar con avidez, mientras intento entender qué tipo de persona es: a veces lleva chocolate negro envuelto en papel de plata, otras un bocadillo de atún. Todo en ella nos causa rechazo.

Le pido a la compañera de clase que me describa su casa: cuenta que sube las escaleras de madera corriendo por el miedo que da el ruido que hacen bajo sus pies, que tienen un cristal roto y tapado con un cartón, que además de sus padres también viven en ella la abuela y un tío, que son Goizeder y su abuela quienes se ocupan de las tareas, mientras la madre y el tío están en el sofá frente a la tele, que hay un olor tan fuerte a sopa que siempre sale de allí con sensación de empacho.

Su relato no me sacia, pero no importa, finjo asombro y repulsión. Un día me enseñará la casa por fuera. Solo tiene un timbre, señal de que no vive nadie más en el edificio. Empujo la puerta del portal: el interior está oscuro, una bombilla pende de un cable, hay moqueta en las paredes. Entro al vestíbulo y comienzo a husmear en busca de más detalles. La compañera me tira de la manga para que nos vayamos, pero ya es demasiado tarde, estoy embriagada.

Le pregunto a mamá qué problema tienen en casa.

La madre es una borrachuza.

Dice.

Y eso es bastante peor: en vez del padre, ¡la madre!

Añade.

Mi fantasía se ha cumplido. Durante un recreo invento que Goizeder desayuna queso y vino, y mi público se lo creerá.

¿Queso y vino?

Se lo creerán porque querrán creerlo.

Mi mentira se extenderá rápidamente por la escuela y llegará a todos aquellos que deban saberlo. No me arrepiento, no sé qué es la compasión.

Más adelante:

Mirad bien, ¡es una patata!

Goizeder está lo suficientemente lejos como para no oír lo que digo. La observo con los ojos entrecerrados, y la gente que me rodea espera con ansia lo que voy a decir. Una nueva invención envenenada y curativa.

Pelo del color de la piel de la patata, cara del color de la pulpa de la patata, cuerpo con forma de patata.

Nuestra compañera no es humana, es una cría de patata, y en adelante la llamaremos así, Patata o Patatita.

¡La hija de la borracha es una patatita que desayuna vino y queso!

Dirán.

Carcajadas.

Llueve. Al salir de clase, frente a la escuela, le pido que abra la boca. No hay mucho público, solo otras dos niñas y yo. Cuando obedece, le meto con cuidado el mango del paraguas. Queda atrapada en el anzuelo. Comienza a dar vueltas, a entrar y salir del colegio con el paraguas colgando de la boca. Me asusto; a pesar de que lo intento, no puedo sacárselo. La mujer de la limpieza lo ha visto todo y se acerca. Le pide que se tranquilice, que respire, y de un golpe seco le saca el paraguas de la boca, sin juzgarme. Luego, ya a solas, le pido perdón entre risas.

A la mañana siguiente su madre viene a la parada del autobús de la escuela. Es la primera vez que la veo allí. A diferencia de su hija, es alta y delgada, con el pelo corto canoso, la piel cetrina, gafas de metal, gabardina. Se acerca bajo un paraguas negro y, cuando llega a mi altura, lo cierra y me golpea en la cabeza. Mientras me riñe descubro que bajo la gabardina lleva pijama. Me regodeo en ese detalle que marca la diferencia entre esa familia y la mía.

¡Sinvergüenza! ¡Asquerosa!

Me grita.

Se acercan algunas madres que están en la parada a pedirle que se calme.

Está ebria, tiene unos labios muy finos de color hígado, percibo ese inquietante desajuste entre lo que expresa su boca y lo que emana su cuerpo.

Su hija tiene la mirada clavada en el suelo y las manos entrelazadas. Es una paria.

Cuando se marcha, algunas madres me preguntan si estoy bien: quieren protegerme de esa borrachina.

Autoagresión: es una guerra. Papá no habla, yo tampoco. Combatir el silencio con un silencio más violento. Me entrenaré en la indolencia. No me causarás dolor, pero tampoco me darás alegrías. Soy un soldado y también soy el coronel de ese soldado. Hago voto de silencio. Supuestamente, ese será mi castigo. Digo «supuestamente» porque el silencio no existe, no al menos mientras estamos vivos. Oigo mis crujidos internos abrirse paso a través de mi cuerpo, no consigo escapar de ellos. Para comprobar que no he perdido del todo el habla, a la hora de dormir emito unos sonidos con la garganta que sacan de quicio a mi madre: m-m-m-m.

¿Te vas a callar de una vez?

M-m-m-m.

Compaginar la rabia y la quietud es duro, así que me infligiré malos tratos cada vez que no me someta a mi propia disciplina. Sangraré por dentro y, sin embargo, será en vano: el silencio no se puede vencer con silencio.

27 de diciembre de 2018
La noche de Navidad papá habló más de lo habitual. Dijo que una vez fue detenido. Desde que, hace dos navidades, dejó de beber, las pocas veces que toma la palabra lo escucho con disimulada veneración porque, quién sabe, quizá diga algo, algo importante, algo que lo aclare todo; nunca ha hablado demasiado, y me gustaría encontrar en ello un sentido estético. No lo sabíamos. Que lo torturaron, que pasó mucho miedo. Cómo es que nunca nos dijo nada. «No pude». Le pedimos detalles, pero se negó. «A partir de entonces a la abuela le empezaron a temblar las manos, no era Parkinson, como pensaba la gente».

No sé qué hay detrás de esa incapacidad, un trauma, una promesa, una medida de seguridad, no tengo ni idea. Su rostro no ofrecía información de ningún tipo. Cuando se fue a la cama, Arrate y yo le preguntamos a mamá si lo de la detención era verdad. «Claro que es verdad». Y al preguntarle por qué nunca nos contaron nada, contestó que papá no quería, que ella tampoco sabía mucho más.

Se está muriendo, lo sé. Pero ¿quién no?

¿Qué estoy haciendo yo, muriendo o viviendo? ¿Pueden hacerse ambas cosas a la vez?

A mamá le gustan las películas sobre la Segunda Guerra Mundial, las «alemanadas», y a mí también. A papá le gustan las películas del Oeste, las «vaqueradas», a mí también. Papá suele estar en la butaca convertida en isla y yo en el sofá, con mamá. Le hipnotizan esos hombres errantes que no conocen más ley que su honor, que se beben el whisky de un trago y sin mover el entrecejo, impertérritos ante las carnes de las putas de *saloon* que revolotean a su alrededor.

Quiere que aprenda a montar a caballo.

¿Y tú?

Le pregunto.

No, yo ya no.

Tiene bastantes menos años de los que tengo yo ahora, todavía es guapo, y sin embargo para él ya es demasiado tarde para todo.

Vivimos en el centro, en lo alto de una cuesta, en el tercero de un inmueble de cinco pisos. A ambos lados y enfrente, más casas. Apenas tenemos relación con los vecinos, excepto con los del quinto, y ninguna con los que viven en los edificios contiguos, tampoco con los de al otro lado de la calle. Muchos de ellos, sobre todo las mujeres, parlotean de balcón a balcón sobre sus cosas y llaman a gritos a los hijos que están en los soportales para que suban a merendar. No saben euskera y no es raro ver a algunas de ellas en pantuflas por la calle con una barra de pan bajo el brazo. No tienen nombres como los nuestros. No se peinan como nosotras. Nosotras no llevamos bisutería, no llevamos pinzas de plástico en el pelo, ni llevaremos melena larga a partir de cierta edad, nosotras no. No llevan zapatos como los nuestros. Mamá me ha enseñado a diferenciarme de ellos desde bien pequeñita. Nosotros no somos bulliciosos, ellos sí. Nosotros no aireamos nuestros asuntos a los cuatro vientos, ellos sí. Nosotros jamás pondremos en nuestros balcones sacos de caracoles, ni colchones de lana de oveja, ni toneladas de embutido, ellos sí. Sus balcones están repletos de geranios que riegan las mujeres, en el nuestro hay plantas crasas de las que solo se ocupa papá, pero que prácticamente no requieren cuidados. Nosotros no utilizamos pimentón, ni laurel, ni tomillo para cocinar. Nosotros no compartimos su lenguaje, pero sí su lengua. Nosotros no desaparecemos en verano para volver al pueblo de origen, nuestro único pueblo es este; a pesar de nuestros apellidos, nuestra historia comienza aquí y ahora.

En los soportales del edificio de enfrente se reúnen punkis y yonquis. A menudo los vemos chutarse desde la ventana. Mi madre y yo. Están de espaldas, sentados en el bordillo, y desde arriba vemos los brazos pálidos extendidos sobre los muslos, manos que se abren y se cierran. Mi madre me informa de que debo mantenerme lejos de las jeringuillas, a no ser que quiera morir de sida. En la playa no me quito el calzado hasta encontrar un lugar para extender la toalla. Al único que conocemos por su nombre es al Cojo Manteca, un punki marrullero al que le falta una pierna. Me cruzo con ellos en cualquier esquina, al lado del polideportivo cuando voy a entrenar, o debajo de casa, o en la alameda. Al encontrármelos, bajo la mirada y acelero el paso. Para mi madre, que no cree en el cielo ni en el infierno, el Cojo encarna lo peor de todo aquello en lo que yo podría convertirme. Será la primera persona conocida a la que veré en televisión. Lo entrevistará Jesús Quintero, y más que el hecho de escuchar de su boca el nombre de nuestro pueblo, me impresionará ver a Quintero atento e interesado por lo que tenía que contar alguien que hasta entonces para mí no era más que un mamarracho, escoria de la sociedad.

También hay que tener cuidado con las mochilas abandonadas y con las bolsas de basura.

Un chaval le metió una patada a una bolsa que escondía una bomba de ETA. Ese también está cojo ahora.

Dice mamá cada vez.

Me he dado cuenta de que cada vez que se refiere a algún desastre comienza la frase con «ese también», como si fuese evidente que las desgracias forman parte de una cadena de fatalidades.

Mamá y yo estaremos en la ventana esperando a que llegue papá, cada día con menos paciencia y cariño.

A la izquierda hay un solar, a la derecha, el monte Jaizkibel. Todas las mañanas lo observamos durante un rato. Escudriñándolo, intentamos acertar qué traerá el día, si viene tormenta, si hará frío, si se disiparán las nubes. Cada dos por tres está en llamas. Por las noches lo miraremos arder, hechizadas por una tristeza que no nos corresponde del todo.

Al comienzo de la cuesta que lleva hasta nuestra casa han abierto una sede del PSOE. Aún no lo sé, pero más adelante también la veré arder a menudo.

Mi padre me ha llevado al monte, a una chabola donde vive el hombre que me enseñará a montar a caballo. Todavía tengo la convicción de que todo aquel que vive en el monte habla euskera, pero no es así, este no lo habla. Está sin camiseta, viste unos vaqueros sucios y botas de goma, y tiene un bigote espeso, greñas, el cabello muy negro. Al ver a papá levanta ligeramente la cabeza en señal de saludo. Por la pleitesía que muestra hacia mí, parece que le debe algún favor a mi padre. Más tarde descubriré que había pasado por Proyecto Hombre.

Mi bautismo consistirá en subir y bajar la ladera que está frente a la chabola, sin silla, agarrada a las crines del caballo. Sentiré pavor, pero no lo expresaré, el hombre me ha advertido que, si me asusto, el caballo también lo hará. Busco a papá con la mirada, pero ya ha desaparecido. El hombre del bigote está frente a mí con los brazos en cruz y las piernas abiertas, mirándome. Estamos solos. Estaremos solos durante toda la tarde, en la que me enseñará a trotar y cruzaremos un arroyo sin bajar del caballo, aunque papá no me verá hacerlo. Al final de la tarde, exhausta, guardaremos los caballos en el establo y, después de darles de beber, tras desensillarlos, peinarlos y acariciarlos, nos sentaremos a una mesa improvisada con dos bidones y un tablón. El hombre traerá de la chabola un pack de cervezas y unas latas de Coca-Cola. Nada más abrir una cerveza aparecerá papá. Se beberá dos latas de un trago. No sé dónde ha pasado la tarde, pero sé que en el monte no: sus zapatos están impecables.

Esa noche y muchas de las que vendrán después, conciliaré el sueño pensando en esos caballos. Todavía hoy, cuando monto, deseo que él me vea, pero nunca está ahí. Todavía hoy, al bajar del caballo siento el peso de la soledad, el peso de mi cuerpo. Hay dolores que no duelen.

Mis padres y la mitad de mi familia por parte paterna trabajan en la empresa de cerámicas que lleva el nombre y apellido de mi abuela, y que es mitad tienda, mitad almacén. Sin embargo, todos se refieren a ella como «el almacén», también quienes se ocupan de la tienda.

Trabajo en el almacén.

Dicen.

Mi padre es el mayor de cinco hermanos y es quien se encarga de la gestión. Venden todo lo necesario para construir y proveer una casa: tejas, cemento, arena, baldosas, ladrillos, piedra, aislamiento térmico, uralita, azulejos, canalones, tela asfáltica, cerámica, salamandras de hierro fundido, económicas, lavabos, bañeras, inodoros, grifería, toalleros, toallas... En el almacén, los camiones que vienen de las obras entran marcha atrás, y los hombres que trabajan allí, incluidos mis tíos, cargan el material con la ayuda de una Fenwick. Es un espacio masculino: albañiles, fontaneros, camioneros, contratistas, peones, almaceneros, chapuzas... Visten de mahón, con camisetas de propaganda, guantes de goma y gorras de tela. Si me cruzo con ellos en fin de semana no los reconoceré, de lo cambiados que estarán.

El almacén es oscuro, sin ventanas, y los escasos fluorescentes no alcanzan a iluminar un lugar tan amplio. Las paredes están al descubierto, con los cables y las tuberías a la vista, sin lugar para la fantasía. A un lado hay montañas de cemento, de grava, de arena amarilla y de negra, cubiertas por una nube de polvo. Durante las vacaciones, el saco de arena amarilla será mi playa. No necesito más. Clavo la pala de metal, demasiado grande para mí, en los diferentes montones, mido hasta dónde puedo introducirla de un solo golpe, y para enterrarla del todo la remato de un puntapié. Pero lo mejor viene después:

tengo que conseguir desenterrarla de un solo tirón. Soy el rey Arturo. Así es como consumiré las tardes y gran parte del verano. También monto en la Fenwick con uno de mis tíos o con cualquier otro almacenero: los colmillos penetran en los palés, los camiones que venían llenos se vacían, los que estaban vacíos se llenan. Caben por poco en el almacén y mis tíos guían a los conductores a gritos, indicándoles cómo maniobrar para no rozar las paredes. Cada vez que entra un camión se hace de noche, y al irse vuelve el día.

El almacén y la tienda están conectados a través de la oficina, formando una U. Nos sacudimos el polvo que llevamos encima antes de entrar a la oficina. Se encuentra bajo una claraboya, y allí las plantas crecen en cualquier rincón. Hay cuatro mesas: la de mi abuelo, la de mi tía Lourdes, la de mi padre y la de su prima Maite. Aunque está jubilado, mi abuelo hace acto de presencia día tras día: con un abrecartas, abre cuidadosamente los sobres que llegan. A las que se han librado de ser timbradas les corta el sello, y cuando reúne cuatro o cinco, llena el lavabo con agua tibia y los deja en remojo hasta que se despegan. Finalmente, los rematará con un secador de pelo de viaje y los guardará en una cajita de plástico, junto a los sellos comprados en el estanco. Al lado de la cajita tiene un humedecedor, con una esponja de goma anaranjada en la parte superior y agua en su base. Le ayudo a pegar los sellos en las cartas que unos y otros dejan en su mesa.

Ni se te ocurra lamerlos, son venenosos.

Dice.

Pero me encanta el amargor de los sellos y el peligro novelesco. Está al borde de perder del todo la cabeza. La primera vez que escucharé los *lekeitios* de Mikel Laboa me resultarán familiares, ya que el abuelo, al hablar, introduce con frecuencia aullidos, pequeños gritos y repeticiones absurdas. Dirá «Qué barbarité, Antuanet» una y mil veces, «Qué barbarité, Antuanet». O «La merde de Ponente». Y también «Non é vero, cerdo p'al caldero». Cantinelas, canciones infantiles convertidas en saeta, sucesiones de consonantes sin vocales que, a fuerza de repetirlas, me parecerán no solo lógicas, sino repletas de sentido. Todos los días, sea invierno o verano, mi abuelo se bañará en el mar. Irá a Donostia en su Dyane 6 descapotable, aunque nunca plegará el techo, en nuestra familia nadie hace ostentación de nada. Por lo general no come animales, ni azúcar, ni sal, ni harinas blancas. Desayuna una cabeza de ajo asada al horno, que desgaja como si fuese una mandarina. Tiene los dedos de las manos deformados por la artrosis, también se le han retorcido los de los pies, que están llenos de protuberancias, y por eso solo puede utilizar calzado hecho a medida. El cuero se ajusta tan bien a sus pies que se notan todos los bultos, parece que esconda secretos en sus zapatos. Viste una gabardina Burberry, y peina hacia atrás su abundante cabello con un peine de concha. Le encanta el dinero, y deshace una y otra vez los fajos de billetes para contarlos, alisarlos y acariciarlos.

A quien se ama hay que demostrárselo.

Me dice.

Para que a su vez se decida a amarte.

Y me tenderá un billete a escondidas. Siempre tengo dinero en el bolsillo, a veces mucho para alguien de mi edad. Gastaré una parte en chucherías: palmeras de nata, polos de chocolate, algodones, que compraré al salir de clase, para mí y para mis amigos. Otra parte se me irá en tiendas de papelería: sacapuntas, cuadernos, gomas de borrar, rotuladores de la marca Rotring. Para combatir el aburrimiento, creo abecedarios de diferentes tipos y tamaños en hojas milimetradas.

A pesar de que es papá quien se ocupa de dirigir el almacén, oficialmente no es el gerente, y hasta que reestructuren la empresa no pasará a serlo. De momento solo es el hermano que mejor se arregla con los números. Él es el epicentro de la oficina: sobre su mesa se amontonan las carpetas de anillas prolijamente alineadas, pilas de hojas, montones de catálogos de las empresas de cerámica, muestras de mosaicos, cartas, albaranes… El portalápices está cubierto de gomas elásticas, ya que es allí donde coloca las que va encontrando durante la semana; por ejemplo, allí es donde irá a parar la goma que sujeta la huevera. A mí me recuerda a los cuellos de las mujeres jirafa. La imagen del portalápices se entremezcla en bucle con una postal que cuelga de una de las ventanas de la oficina y que uno de mis tíos, en uno de sus numerosos viajes, envió desde Birmania.

Son mi tía Lourdes y mi padre quienes se encargan de regar y de cuidar las decenas de plantas que hay esparcidas por la oficina y por la tienda. Tras hacer la ronda, vuelven a sus respectivas mesas con los puños llenos de hojas secas.

El abuelo tiene una máquina de escribir de hierro; pronto, papá tendrá una Olivetti eléctrica. La pondrá sobre una mesita con ruedas, al lado de su escritorio, y si su hermana o su prima, mamá o yo la queremos utilizar, le causará placer dejárnosla.

¿Ya sabes cómo funciona?

Seguirá preguntando años después de comprarla.

Y empujará la mesita con ruedas, será él quien la enchufe poniéndose a cuatro patas, y luego se quedará de pie, dando instrucciones acerca de cómo introducir el papel, hasta que la pongan en marcha y demuestren saber realmente cómo funciona.

Será mejor que lo vuelvas a sacar y lo metas bien derecho.

«Empresa creada por Telesforo Zapirain en el año 1930, siendo [sic] a su vez contratista de obras, realizando varias edificaciones en las poblaciones de Rentería, Pasajes, Oyarzun, etc. Posteriormente delegó la empresa de materiales de construcción en una de sus hijas, María Antonia, quien con su cónyuge, Juan, continuó al frente de la misma sirviendo los materiales más usuales en aquella época, como cemento, ladrillos, áridos, tejas, bloques, etc., y, por supuesto, azulejos y baldosas, tanto cerámicas como terrazo, los cuales se transportaban desde las fábricas de origen hasta la estación de ferrocarril más cercana al destino, en vagones de tren a granel y protegidos con paja. En la actualidad la empresa María Antonia Zapirain continúa con la labor iniciada por el *aitona* con la ayuda de un buen [*sic*] personal cualificado», ha escrito mi padre con motivo del anuncio que van a publicar en el anuario local. María Antonia es mi abuela. Juan, mi abuelo. La tía Lourdes, la prima Maite y mi madre han leído el texto una tras otra, con mucha atención. Han afirmado, solemnemente, que es muy adecuado, que lo envíe tal y como está. Parece que están orgullosas de papá, pero también de formar parte de un negocio con solera.

Papá me ha enseñado a cortar el papel sin usar tijeras. Tras doblarlo en dos, hay que presionar el pliegue con ambos dedos: primero por una cara, luego por la otra. Cuando el pliegue esté bien afilado se pueden hacer tres cosas: humedecerlo con saliva y partir la hoja en dos, encajarlo en un canto y utilizar este como guía para cortarlo, o bien introducir una regla en la hoja doblada en dos y rasgarla de un golpe seco. Si observo la hoja de cerca puedo ver las fibras del papel. Papá nunca utiliza tijeras, dice que esa es la única manera de cortarlo bien.

Siguiendo el consejo de un contable externo, han comprado un ordenador y una impresora. Ahora siempre hay una hoja interminable de rayas azules y blancas saliendo de la impresora. Si miro de cerca, me doy cuenta de que lo impreso no es más que una ilusión óptica: no hay caracteres, veo con más claridad los espacios existentes entre los diminutos puntos que las letras y cifras que estos simulan. La hoja infinita se va doblando por la parte taladrada, pero de vez en cuando la impresora falla y, antes de que nadie se percate, la hoja queda esparcida por el suelo de la oficina. A menudo descubro a papá agachado en el despacho, intentando contener la ola de papel. Aunque es joven, le cuesta ponerse de cuclillas. Con el caos de papel entre sus brazos, no acierta a plegarlo por la zona taladrada y, enfurecido, lo dobla de cualquier manera y lo arruga. Es porque necesita otro trago, no importa la hora que sea. Su cara ha comenzado a hincharse, los ojos a sobresalir de sus cuencas, la espalda a encorvarse. Saldrá de la oficina con la excusa de ir al banco o a Correos. A la vuelta, para justificar su tardanza, inventará historias asombrosas.

El hijo de puta del municipal va y me pone una multa por querer ir por una calle que estaba cortada. ¡Pero que tengo que ir a Correos!, ¿no lo entiendes? ¿No entiendes que tengo que mandar todas estas facturas?, le he dicho. Y él que no, que alguien del edificio ha lanzado una cazuela y están intentando averiguar quién ha sido… ¡Casi lo mato! ¡El muy cabronazo me ha tenido allí parado durante una hora!

Habla como con disimulo, con la boca pequeña, mientras se sienta a su mesa y coloca la cazadora en el respaldo de la silla. Mamá, mi tía y la prima no dicen ni pío. Yo tampoco, pues soy una de los suyos: ni hablo ni doy muestras de ningún tipo de emoción. Estoy cumpliendo con mi labor, que consiste en cortar la pila de papel continuo que me han puesto delante. Sacaré alrededor de mil hojas. Acaricio los bordes serrados. Casi no se nota que cierta vez fueron una única hoja.

Además de echar una mano con la contabilidad, mi tía Lourdes y la prima Maite son dependientas. Las cajas de pastas que traen los clientes como muestra de agradecimiento suelen estar sobre la mesa de Maite. Somos todos tan golosos que se acaban enseguida. Mamá es la única que no dispone de mesa en el despacho, ya que es la vendedora principal. Mamá, mi tía y la prima llevan batas de trabajo diseñadas por ellas mismas y que renuevan cada dos años. A pesar de ser para trabajar y, por consiguiente, estar hechas de una tela basta, buscan la originalidad en el estampado y en el corte. Mi tía quería ser diseñadora, y crear y estrenar bata es un pequeño acontecimiento para todas:

¡Mañana traen las batas nuevas!

Anuncia mamá a la hora de comer.

Una sinvergüenza de clienta me ha dicho hoy que como estoy casada con el jefe no debería llevarla. Le he contestado: Oye, que yo soy una currela como cualquier otra, y a mucha honra… Lo que nos faltaba, ¡menuda imbécil!

A la tienda se accede por la otra puerta de la oficina. Mi madre siempre está allí, con un trapo en la mano. Ella es la primera en atender a los clientes, Maite la segunda, mi tía la tercera, siempre en ese orden. Cuando no hay clientes, mamá abrillanta las docenas de espejos, lavabos, inodoros, mamparas y griferías. El escaparate de la tienda es amplio y en él siempre tienen expuesto un baño deslumbrante: cuando los azulejos pequeños pasen de moda, colocarán azulejos grandes, baldosas relucientes, bañeras con pies dorados, toallas y alfombras esponjosas, tarros de cristal fino para guardar el algodón... Mamá se asegura cada día de que el set esté impecable.

En la entrada de la tienda hay dos paneles de espejo. Me encanta poner los paneles en el ángulo adecuado, meter la cabeza entre ambos y ver mi imagen multiplicarse, un yo cada vez más y más pequeño, casi hasta desaparecer. Intento comprobar si el infinito existe, si mi cabeza se ve allá a lo lejos. Creo que no. Es tal mi ansia por saberlo que por un momento estoy dispuesta a claudicar, romper el voto de silencio y preguntárselo a mi madre. No tardo en descartar la tentación, sé lo que va a responder: ¡Y yo qué sé!, yo no sé nada de esas cosas.

Por todos lados hay sets simulando estancias domésticas: un baño, con su patito de goma en la bañera; una cocina rústica, con su económica y su cesta llena de castañas y su mazorca... A cada lado de la tienda, sujetas a la pared, muestras de azulejos y baldosas. Los azulejos van en paneles verticales y las baldosas en cajones horizontales, representando paredes y suelos. Cuando un modelo se queda obsoleto o dejan de fabricarlo, lo arrancan y colocan uno nuevo con la ayuda de una pistola de silicona. Cada panel de azulejos pesa mucho, y hacen falta dos o tres personas para sacarlo de los goznes. Mamá siempre es una de esas dos o tres personas.

Papá es el más hábil cortando azulejos, colocándolos y haciendo ingletes, aunque cada vez lo hace con menos frecuencia.

Lo haré yo, porque papá no está bien.

Dice mamá tratando de esconder la decepción de sus palabras, lo que hace que su cuerpo se ponga rígido.

Mamá lo sustituirá cada vez más a menudo.

No necesito hombres. No necesitamos hombres. No necesitas hombres.

Mamá es un órgano de propaganda. Incesantemente genera mensajes directos y repetitivos de estructura gramatical simple.

Cada uno de estos eslóganes sale de su boca con el sedimento emocional añadido de cada vez que ha sido pronunciado anteriormente:

No te enamores.

Dice.

No creas a nadie.

Dice.

Pero, sobre todo, no creas en el amor. Solo los tontos creen, sobre todo las tontas, tú no seas tonta.

Dice.

No creas en nada: hombres, religión, política… No seas idiota.

Dice.

No seas tan estúpida.

Dice.

No seas como yo.

Dice.

No quiero que seas como yo.

Al salir del colegio, encuentro a Maite y a mamá arrodilladas en el suelo de la tienda, una con la pistola de silicona en las manos, la otra con un azulejo a punto de ser colocado.

Hoy papá tampoco estaba bien. Ha ido al banco a las nueve de la mañana y no ha vuelto hasta el mediodía… Cuatro horas para coger los cambios, figúrate la cola que había. Y ahora dice que ha quedado con un contratista, ¡ja!

Miro a la prima de mi padre, su compasión me resulta más llevadera que la decepción de mi madre. Con los ojos muy abiertos, llena de aire sus mejillas y encorva los hombros.

Cuidado, no te quemes.

Dice mi madre cuando me acerco a la pistola. Pero yo quiero quemarme. Solo el pulgar, un dolor que pueda delimitar, cuidar y sanar.

Colocan las baldosas. Para introducir el panel en los goznes necesitan a una tercera persona, alguien que sea tan capaz como ellas para el trabajo duro: papá. En cuanto entra por la puerta sé dónde ha estado: sus pasos son titubeantes, pero sobre todo su mirada, esos ojos equinos que nos ven pero no nos miran.

¿Puedes ayudarnos a poner el panel?

Le pregunta su prima.

Mi padre se acomoda la lengua en la boca. Deja en un rincón la carpeta de Asuntos Serios que le sirve como coartada y levanta el panel del suelo sin rechistar. Mamá y la prima le ayudan a encajarlo. Al terminar se encierra en el baño.

¡Ojalá se ahogue en un barril! Yo estoy dispuesta a ponerle los clavos.

Dice mi madre.

O:

Lleva el mapa de La Rioja en la cara. ¡Si le pinchas sale un chorrito de vino!

Aún se emborracha con vino, todavía lo hace en bares.

Al salir del baño riega las plantas.

A unos clientes les ha gustado un modelo de azulejo. Mamá acerca unas cuantas baldosas que combinan con el azulejo y las sitúa al lado del panel de una en una, en ángulo recto respecto a lo que sería el suelo imaginario. La mayoría de las baldosas son muy pesadas, y hay que manejarlas con cuidado para no cortarse los dedos con los bordes. Como una levantadora de piedra, mamá apoya la pieza sobre sus muslos con un solo gesto brusco.

Esta es moderna, y además muy sufrida.

Dice.

Deja la baldosa donde estaba y coge otra repitiendo el mismo movimiento.

Esta le va muy bien al azulejo que habéis elegido, pero yo creo que tiene demasiada presencia y os vais a aburrir.

Dice.

Esta es una maravilla, pero delicada. Necesita dedicación. Y la dedicación es tiempo. Una tiene que estar dispuesta.

Dice.

Los clientes han señalado una baldosa que está aparte y que mamá no les ha mostrado.

¡No penséis que tengo material que no os quiero enseñar! Está ligeramente agitada, pero quizá solo me he dado cuenta yo. Se acerca al muestrario donde está la baldosa, con su cuerpo compacto de pasos pequeños.

¡Esta quedaría horrorosa, por Dios! Ni se me ha pasado por la cabeza enseñárosla, ¡yo solo os saco material bonito!

Ha contestado, y en dos movimientos se ha hecho con la baldosa.

Ni queriendo habría dado con una combinación peor, ¡y ya es decir! Son dos piezas que se matan. Pero vosotros veréis, yo no voy a vivir en vuestra casa.

El almacén cierra más temprano que la tienda, porque hacen jornada continua. Así, por la tarde vago por la tienda a la espera de clientes. Me gusta escuchar lo que dicen. Saber de sus vidas. Ahora, desde el umbral de la puerta de la oficina, con el corazón en un puño, oigo a mi madre enfurecerse, estoy convencida de que los clientes se van a marchar. Pero no. Se calma. Y ellos parecen convencidos. Casi siempre conseguirá que los clientes se decanten por el «sufrido moderno». No quiere que se arrepientan.

A mí el azulejo de cocina que más me gusta es uno blanco y brillante, sus cenefas representan estampas bucólicas vascas: un carro tirado por bueyes, un caserío, un hombre y una mujer bailando en una plaza… pero mi madre jamás lo enseña.

¡Puaj!

Dice.

¡Está obsoleto!

Dice.

Me ha salido una hija con mal gusto.

Dice.

La cocina de la acogedora casa con la que sueño tiene estampas de ese tipo. Odio la nuestra. Mamá también. En cuanto podamos, pondremos una cocina moderna.

Dice.

Mi madre pasa no solo horas, sino también días e incluso semanas con cada cliente. Casi nunca van de uno en uno, sino en pareja: marido y mujer, madre e hija, padre e hija, a veces incluso familias enteras. Se necesita bastante dinero para renovar la cocina o el baño, no tanto por el material como por los trabajos de albañilería y fontanería. Hay gente que se pone nerviosa al tener que elegir: saben que su elección condicionará el paisaje de su biografía doméstica durante muchos años. Las mujeres suelen mostrar más ilusión que los hombres. Casi siempre, el dinero que se disponen a gastar es dinero ahorrado con mucho esfuerzo, y el de la compra suele ser un momento importante y tenso. Con frecuencia, hablarán con odio acerca de los pedazos de casa que van a arrancar o a tapar, como si se tratase del escenario de un crimen. En ocasiones, al finalizar la obra, algunos clientes invitarán a mamá a su casa para que pueda admirar cómo luce el material escogido con su ayuda. Mamá siempre irá fuera del horario de trabajo, argumentando que la empresa no tiene por qué hacerse cargo de su debilidad por ceder ante las invitaciones de los clientes.

Oye, yo lo hago porque me da la gana a mí, ¡no me obliga nadie!, por eso voy después del trabajo.

Dice, orgullosa.

Hoy he estado en casa de los Arbelaitz viendo la cocina. Les ha quedado muy muy bonita y moderna. Los muebles también son preciosos, y se han dejado un dineral en electrodomésticos, lo más de lo más, cromados, a mí me gustan cromados, ahora se llevan cromados y no blancos, los blancos son feos.

Farfulla mientras prepara la cena y la comida del día siguiente.

Estaban más contentos que una niña con zapatos nuevos.

Dice.

Y antes de que sus descripciones terminen de tomar forma en mi imaginación, antes de que me fusione con la felicidad que siente esa familia a la que solo conozco de la tienda, añade:

Ahora el resto de la casa se ve muy estropeada, fea fea, cuando he salido de la cocina parecía que hubiese entrado en casa de otra familia, una pena.

Pena. Hacia los demás.

Muchos de los clientes volverán al cabo de unos años, cuando hayan ahorrado lo suficiente como para poder renovar otro trozo de casa. También los Arbelaitz.

Ahora han reformado el baño.

Anuncia mientras cenamos.

Tenían un bidé y querían cambiarlo por otro. Les dije: Por favor, eso ya no se lleva, ¡es de la época en que no nos duchábamos todos los días! Yo al menos me ducho todos los días, no puedo salir de casa sin haberme duchado, no entiendo cómo puede haber gente que no se ducha todos los días. Un bidé... pero qué gente.

Dice mamá.

Se han quedado muy contentos, no me extraña, no sabes lo elegante que les ha quedado. No se han andado con chiquitas a la hora de gastar: han puesto la grifería más cara, italiana, una maravilla. Luego me han ofrecido un café en la cocina, que ya empieza a verse vieja, una pena... cuanto más bonita una cosa, más fea se ve la otra.

La pena es una grasa que se adhiere a mi piel: por muy bien vestidos y erguidos que vayan, cada vez que me cruce a un Arbelaitz por la calle sentiré su fracaso en mis entrañas, el ridículo del despilfarro inútil, la vergüenza ajena de los sueños inalcanzables.

19 de enero de 2019

Clase de yoga.

Se me ha acercado la profesora y con el dedo ha recorrido mi columna vertebral:

—Tienes escoliosis, ¿lo sabías?

—Sí.

—Es una dosis de sufrimiento que le quitaste a tu padre al nacer.

22 de enero de 2019

Parece ser que es todo culpa de la «ciarrosis». Mamá, siempre tan escrupulosa con las palabras y los acentos, ha empezado a decir «ciarrosis».

—Se dice «cirrosis».

—Ah, ¿sí? Pues eso, ¡qué más da! Debe de haber sido todo culpa de la cirrosis.

—Antes lo decías bien.

Un problema lingüístico. De repente, siento que estoy siendo testigo del fin, no solamente de papá, sino de algo más grande.

En euskera y en castellano, de las personas despreocupadas, vagas o flemáticas se dice que tienen «el hígado grande».

En francés y en castellano la palabra «hígado» se asocia al fruto (higo, *figue*): proviene de la Antigua Roma, por la tradición de cebar a las aves con higos hasta provocarles cirrosis y luego comerse su hígado. Este órgano, reventado por la ingestión forzada y salvaje, se convertía en *delicatessen* al impregnarse del dulzor de la fruta. De hecho, los franceses se refieren del mismo modo al órgano y al manjar: *foie*.

Una de las razones por las que elegimos la casa donde vivimos ahora fue que en la parte trasera había una hermosa higuera, grande y vieja. En septiembre se llenaba de higos, y cuando venía papá los engullía, en una demostración de lealtad y de reconocimiento, intuyo, ya que nunca antes lo había visto comer aquella fruta. A finales de septiembre, los higos caídos apestaban a vino barato, y quedarse junto al árbol resultaba insoportable.

En inglés le llaman *liver*, que se escribe igual que «vividor». Hamlet se refiere a sí mismo como *pigeon-livered* (que tiene hígado de paloma) para aludir a su cobardía. El rey Lear y Macbeth utilizan la expresión *lily-livered* (hígado pálido). He buscado el significado en el diccionario, que lo traduce como «cobarde» o «tímido», como si ambas palabras significasen lo mismo. Antiguamente se creía que la sangre surgía del hígado, y que era este, y no el corazón, el órgano del amor.

La etimología de la palabra «etimología» remite al significado verdadero de la palabra, dando a entender que hoy en día, a diferencia de antes, las palabras se utilizan de manera fraudulenta y no para los fines supuestamente puros para los que fueron creadas. Como si al inicio hubiéramos sido mejores.

26 de enero de 2019

Quiero que papá muera para poder seguir hablando con él.

Quiero que papá muera.

Papá quería morir.

Quiero hablar con papá.

Solo a través de la escritura puedo alcanzar el máximo grado de intimidad.

Suicidarse puede llevar toda una vida.

Un río llamado Oiartzun atraviesa Rentería. Nosotros a Rentería le decimos «Orereta», debido a una campaña que se hizo para recuperar el *verdadero* nombre del pueblo y que lo llenó todo de pegatinas. Huele mal, sobre todo los días de calor, a causa de los gases fétidos que emite la fábrica papelera que está al otro lado de la alameda. Nosotros pensamos que es por los residuos que vierte al río a través de dos grandes desagües, que unas veces expulsan chorros de color leche y otras de color marrón. En ocasiones, dependiendo de los tintes que hayan utilizado, el río se teñirá de rojo o de morado. Está repleto de corcones enormes, y cuando el caudal es escaso, emergerán bicicletas y carros de supermercado atrapados en el fango. Creemos en la leyenda de la familia Cocoliso: son ellos quienes los arrojan. A esta familia también se le atribuye la venta de heroína, así como hacer de confidente de la policía. En la calle, entre pintadas subversivas, hay una que dice «Cocolisos chivatos y camellos».

Los Cocoliso roban bicis, se divierten y cuando se aburren las tiran al río.

Los Cocoliso hacen la compra, la llevan en el carro hasta su casa y luego lo echan al río.

Creemos porque queremos creer.

La fábrica de papel es una mole de hojalata blanca y humeante. No es posible pasar cerca sin maravillarse con las nubes de humo que escupe. A la gente de fuera le sorprende el hedor, pero quienes vivimos allí estamos acostumbrados. Cuando supere la vergüenza, comenzaré a sentir una especie de orgullo por vivir en un lugar que se caracteriza por tener una hedionda fábrica de papel, en vez de en un encantador pueblito costero. Nos hemos educado en esa maldición, la hemos aceptado, hemos terminado por amarla y eso nos ha vuelto invencibles.

Hay solares abandonados aquí y allá. Colchones y botellas, periódicos, revistas pornográficas. Sus usuarios nunca están allí. Un día de invierno, de camino al colegio, encontramos un cuerpo en el solar que hace de parada del autobús escolar. Es un chico joven con la piel azulada, tirado entre cascotes, y pensamos con inocencia que ha muerto por culpa del frío. Hay más de una jeringuilla en el suelo, así que en los días siguientes andaremos con cuidado, aunque enseguida bajaremos la guardia. Es mi primer muerto, y también el de la mayoría de nosotros. No he sentido nada especial.

En la escuela reparten una circular. Es un aviso para que no entremos en las tanquetas de la Policía Nacional. Agentes con pañuelo rojo al cuello han tomado el pueblo e invitan a los niños a entrar en sus vehículos y a tocar sus armas.

En la caja de fotos que tenemos en casa, entre las fotos familiares, hay tres postales con fondo negro. Son los rostros de frente de dos hombres y una mujer a los que no conozco, con las fechas de su nacimiento y de su muerte a un lado en letras blancas; bajo la imagen de un puño rojo dentro de una hoja de roble leo «Herriak ez du barkatuko», «El pueblo no lo perdonará», en letra más gruesa.

Luego guárdala bien.

Dice mamá cuando me ve con una de esas postales en la mano.

Me enorgullece que mis padres posean material secreto. Nunca van a manifestaciones. El marido de la prima de mi padre vive en la clandestinidad, y a menudo muestran su imagen en televisión como «uno de los terroristas más buscados».

¡Ja!

Dice papá cuando el presentador menciona su nombre.

Siempre ha sido como un zorro, se le ve en la mirada, les va a costar pillarle.

Dice mamá.

El mismo diálogo se repite cada vez.

Cuando en algún lugar escuchan el nombre de Carrero Blanco, mamá se pone a canturrear:

Carrero Blanco, almirante naval,
tenía un sueño, volar y volar...

Ese hijo de puta. Menudo cabrón.

Dice papá, rejuvenecido.

Preferiría un padre que tuviese un enemigo exterior en vez de uno interior, un hombre que quisiera cambiar el mundo, al menos un pedacito.

Hay manifestaciones y disturbios en cualquier momento. En el ambiente se percibe lo que está a punto de suceder. Aprendo a distinguir los silencios. De repente, el olor a goma quemada y a pólvora se extiende por todo el pueblo. Ruido de cristales rotos, el chirrido de contenedores y vallas arrastradas que terminan en barricadas, las piedras al chocar contra el asfalto. Mamá me llama para que me asome a la ventana con ella:

¡Ven! ¡Ya ha empezado!

La gente se agolpa en las ventanas.

Miramos a la calle con expectación. Han bajado la persiana de la sede del PSOE. El fuego está fuera y no en casa. Los jóvenes vienen cuesta arriba huyendo, los yonquis se esconden al fondo de los soportales. Vemos a los policías con sus lanzapelotas. Un chico llega reventado a lo alto de la cuesta y no se percata de que los tiene a un paso. La vecina de arriba le grita:

¡Que vienen, huye!

El chico sale pitando. Una pareja de policías mira a nuestro bloque, apuntando con sus armas, en busca de quien haya advertido al chico. Los vemos meterse en el portal de nuestra casa. Mamá y yo cerramos la ventana y apagamos la luz. Estoy asustada. Suena el timbre. Han llamado a todos los timbres del edificio. En nuestro interfono hay una pegatina ajada con el dibujo de unos policías y la frase «Basta de pasma». Estoy tan asustada que intento quitarla frotándola con un estropajo.

¿Qué haces?

Dice mi madre.

No seas tonta, que no van a subir. Y si subieran, ¿qué? ¡Gallina!

Mamá continúa mirando por un resquicio de la cortina. Estoy a su lado. Siempre huele a limpio, pero ya hace un tiempo que no nos tocamos.

¡La próxima os vais a enterar!

Grita uno de los policías mirando hacia arriba.

Estoy callada, pero grito por dentro.

Me avergüenzo de mi cobardía.

Cuando estamos terminando de cenar, llega papá y se sienta a la mesa. Me observa mientras como, con una sonrisa tonta en el rostro, los brazos cruzados, como un suplente disfrutando del partido.

¿Has visto la bronca que ha habido?

Le pregunta mamá.

No, estaba en la oficina.

Contesta papá.

¿A estas horas?

Mamá nunca se rinde.

Cuando termino mi plato, mamá recoge la mesa con brusquedad y friega los platos dándonos la espalda. Entonces papá saca una cajetilla de cerillas del bolsillo.

Mira.

Dice.

Enciende una cerilla y, tras lamerse el índice y el pulgar, aplasta la llama.

Psss…

Se oye.

Mira.

Vuelve a decir.

Enciende otra cerilla y la vuelve a apagar del mismo modo.

Psss…

Luego lo vuelve a hacer sin mojarse los dedos.

Lo miro maravillada. Está contento. Me mira como un pasmarote. Yo no sé qué hacer con su mirada, hace que me sienta incómoda. Mamá se ha girado, quizá porque el olor a fósforo la ha hecho salir de la burbuja donde suele encapsularse mientras friega.

¿Qué hacéis?

Dice.

Se fija en las cerillas quemadas alineadas sobre la mesa. Ahora es mi turno. Una cerilla encendida en una mano, mojo los dedos de la otra, pero los acerco demasiado despacio a la llama y me quemo.

Merecido lo tienes.

Dice mamá.

Él no se quema porque está anestesiado.

Añade en cuanto mi padre se va de la cocina.

En la tele están retransmitiendo la agonía de Omayra, la niña que quedó sepultada entre las ruinas de su casa tras la erupción de un volcán.

Con los pies puedo tocar el pelo de mi tía, está debajo de mí.

Dice.

Está rodeada de un agua del color de la del río Oiartzun, solo asoma la cabeza.

Todos sabemos que, como su tía, ella también va a morir, que no van a poder rescatarla, pero Omayra está preocupada porque al día siguiente tiene examen de matemáticas.

Pobre niña ignorante.

Dice mamá.

No puedo dejar de mirar la cara de atlante de esa niña.

Dejo que las palabras hagan su trabajo. El silencio no existe, es hablar hacia dentro. Creía que era una manera de desaparecer, de guardar las palabras solo para mí, sin calcular que, además de las mías, las palabras de los demás también se me quedarían dentro. Por el contrario, hablar es ponerse en peligro.

La silla chocaba constantemente contra el mueble, y tuviste la lucidez y el remango de ponerle topes de silicona. ¿Por qué nunca tuviste ni la lucidez ni el remango de venir a darme un abrazo?

¿Tuviste ganas alguna vez?

¿Por qué no lo hiciste?

¿Querías que naciera?

¿Me has visto nadar alguna vez?

¿Te has avergonzado alguna vez de mí?

¿Te has avergonzado alguna vez de ti mismo por mí?
¿Has leído alguna vez alguno de mis libros?
¿Te gusta mi pelo, aunque no sea rubio?
¿Lo prefieres corto o largo?
¿Por qué nunca me peinaste?

Cuando calle, escribiré la historia que como un alud nos ha arrastrado a todas. Una historia en la que le haré hablar, en la que le obligaré a mirarme, en la que finalmente me enfrentaré a él. Sueño con un duelo entre él y yo, en el que no solo nos parezcamos, sino que seamos él y yo, nadie más, sin personajes, sin testigos. Sé que las palabras no bastan, y sin embargo no tengo más que el lenguaje para deshacer este embrollo. Cuando digamos «dolor» nos embargará la ilusión de hacernos entender, aunque los demás no tengan idea de qué estamos hablando. Y así siempre. Contar la propia experiencia con palabras que son de todos: he ahí un verdadero proyecto político socialista, ¿o sería comunista? Será como buscar las gafas sin gafas.

No me había dado cuenta: en euskera la palabra *isiltzen* («callando») lleva dentro la palabra *(h)iltzen* («muriendo»). Todo el mundo acarrea historias ajenas sin darse cuenta.

Vacaciones de verano, por la mañana. El paso del tiempo me corroe. Salgo al balcón en busca de sol. De rodillas en el suelo, olisqueo el pitorro de la bombona de butano. Respiro profundamente hasta que el gas y el metal se mezclan dentro de mí. Me pongo de pie sobre la bombona, con las manos en la barandilla y las puntas de los pies metidas en las asas. La mujer de enfrente me grita que baje. No le hago caso. La veo cruzar la carretera con sus pantuflas de tacón y su bata de boatiné. Oigo que aporrea el timbre de nuestra casa. Mamá aparece precipitadamente en el balcón.

¿Quieres suicidarte?

Dice.

Por la tarde, vuelve a hacerme la pregunta aparentando tranquilidad.

¿Querías suicidarte?

De golpe, esa pregunta me convierte en otra persona, en alguien desconocida, en alguien que puede ser peligrosa, en alguien más libre. Agrietada por su mirada, seguiré escurriéndome por esos recovecos.

29 de enero de 2019

Papá y mamá han estado en casa. Desde que tuvo el ictus, es la segunda vez que papá coge el coche. No los esperaba. Cuando llegan, pegan dos bocinazos. Lo he observado maniobrar, aún le cuesta mucho aparcar. Al salir del coche comprueba si lo ha dejado bien, pero se da cuenta de que está demasiado separado de la acera, así que vuelve a intentarlo, esta vez con mayor pericia.

Han venido a traer huevos de caserío, como hacían antes todas las semanas. Intento recibirlos con naturalidad, con tanta naturalidad que casi no he mirado a papá a la cara, no vaya a pensar que creo que está tan mal como para despertar mi compasión.

Lo siento débil, tiene los brazos y las piernas muy delgados y el vientre a punto de reventar, como un caballo viejo. Ha buscado mi beso como una lagartija el sol. Luego, ha vuelto a su habitual silencio hostil. Por teléfono le había comentado que el tendedero estaba roto, y quería verlo con sus propios ojos, ya que él mismo lo colocó hace unos años. Se ha enfurruñado, frustrado porque antes del ictus él mismo se hubiera encargado de arreglarlo.

Mientras papá estaba fuera inspeccionando el mecanismo del tendedero, mamá me ha dicho que el asunto pinta mal, que no orina a pesar de que toma pastillas para ello, que el médico le ha dicho que habrá que pincharle: «Cuando empiezan así, malo». «¿En qué sentido?», le pregunto. «No suelen durar mucho», dice disparando la verdad sin miramientos.

Ha vuelto a decir «ciarrosis», que todo es culpa de eso; un problema lingüístico, he dicho para mis adentros. «Sin a», he corregido.

Al poco de llegar ellos, me he marchado a clase de inglés, dejándolos con el tendedero, elucubrando cómo arreglarlo. Les he regañado por haber venido sin avisar. «A ver si ahora vamos a tener que pedir permiso para ver a nuestra hija», dice mamá.

Al volver de clase, el coche ya no estaba. He sentido pena, pero también alivio por no tener que enfrentarme a su presencia.

4 de febrero de 2019

Me han hecho un pequeño homenaje en Rentería el día de Santa Águeda. He pasado mucha vergüenza, pero no he podido negarme, no soy tan importante como para ser tan humilde. Hace un par de semanas, un amigo de juventud de papá le llamó para pedirle mi teléfono. Durante toda la semana papá me ha asediado, quería saber si habíamos quedado en algo. Le respondo que me da pereza devolverle la llamada a ese hombre. Aunque sé su nombre, me refiero a él como si no lo conociese. Es uno de esos señores respetables del pueblo: culto, correcto y probablemente creyente. Papá quiere utilizarme para quedar bien con él; yo quiero quedar mal a través de papá, aunque no lo haré.

Anteayer papá volvió a llamarme para saber dónde y a qué hora iba a ser, porque mamá y él tenían intención de acudir. En algún rinconcito de mi interior brotó una brizna de felicidad, como si de repente todo hubiese cobrado sentido.

Tengo que esperar a la comitiva, que estará participando en los festejos de Santa Águeda durante toda la tarde, y que va a detenerse en una librería que acaban de abrir en la calle Santxoenea, donde se realizará el acto dirigido a mí. Me he presentado sola a la cita, diez minutos antes. Papá y mamá ya están allí, a la entrada de la librería. Me han dado cada uno un beso fugaz y apresurado, como si hubiese un mostrador entre nosotros.

«¿Cuándo van a llegar?», pregunta mamá.

«Supongo que en cinco minutos. No pensaba que fueseis a venir», contesto.

«Cómo no vamos a venir, mujer».

Aunque en mi recuerdo la calle es recta, en realidad es ligeramente curvada, y desde un extremo no se ve el contrario. Mientras esperamos se oyen las primeras notas, el coro entonando coplas indescifrables, la banda municipal de fondo y la percusión de las varas golpeando el suelo, cada vez más cerca.

«Vienen puntuales —observa mamá—. Vámonos».

Papá mira el reloj y asiente con la cabeza.

«¿Os vais?», les pregunto.

«Claro, ¡qué vergüenza!».

Dos besos precarios. Huyen antes de que aparezca la comitiva. No quieren que nadie los vea allí.

Han llegado, son alrededor de cuarenta, van vestidos con traje tradicional, hombres en su mayoría. Me han rodeado, el director me ha invitado a entrar en la librería. La *bertsolari* se ha colocado frente a mí y ha empezado a cantar acerca de mi obra literaria y también sobre mi maternidad. Tras cada verso, el coro contesta con coplas. Estoy sola en medio de la librería, rodeada de desconocidos que me miran. Es un homenaje, dicen, a mí.

27 de febrero de 2019

El Jaizkibel está en llamas.

Llevo toda la vida con esa montaña en mi horizonte, media existencia mirándola desde la casa de mis padres, otra media desde la mía, y sigue pareciéndome la misma vieja ballena varada de piel aterciopelada. Las nubes se quedan enredadas en sus laderas, parecen leche derramada. A veces, mientras hablo por teléfono con mis amigas o con mamá, la montaña se cuela en las conversaciones y hacemos nuestros pronósticos al tiempo que describimos su aspecto: la dirección que tomará la bruma, si se materializarán las amenazas celestes, si el sol alcanzará fuerza suficiente como para calentar nuestros cuerpos.

La mayor parte de la cerámica que venden en la tienda se fabrica en Italia o en Castellón. Mi padre va dos o tres veces al año a Castellón, a la feria de muestras o a visitar las fábricas, casi siempre solo, y otras veces con alguno de mis tíos o con mi tía. Mamá le hace la maleta. Es de escay, demasiado grande para una semana. Mamá es metódica y meticulosa guardando los calzoncillos, el pijama, las camisas y los pantalones recién planchados. Llevará la americana colgada del sujetamanos del coche.

Métele alguno de tus muñecos entre la ropa para que se acuerde de ti.

Dice mamá.

Esta vez he metido mi muñeco favorito, un E.T. de goma que repite «Mi casa» mientras se le enciende el dedo índice, como en la película. Se llevará una sorpresa enorme cuando lo vea, pienso. Pero enseguida me avergüenzo de mi debilidad. Se ha marchado al mediodía tras besar a mamá en los labios. Está achispado, pero no parece que a ella le importe. Desde la ventana, lo vemos marcharse en su Renault 18 blanco.

Esperemos que no se mate por el camino.

Dice mi madre.

Cuando lo perdemos de vista, observo a mamá. Se ha tumbado en el sofá para ver el informativo y echar la siesta antes de volver al trabajo. Estoy triste porque mi padre se ha ido y me siento sucia por sentir tanta tristeza. Aunque aún no sé cómo funcionan esos mecanismos, lo echo de menos como a un amante. Se aloja en el hotel Orange. Lo pronunciamos como si fuera una palabra castellana. Siempre llama nada más llegar, por la noche. También pregunta por mí, pero nunca pide que me ponga al teléfono; mejor. Mamá me ofrece dormir con ella mientras papá esté fuera. Sorprendida, digo que sí. Tienen sábanas de percal, siempre frías al tacto, pero que una vez que las tocas te envuelven entre sus millones de hilos. Son los únicos días del año en los que siento su cuerpo cerca. Mi madre dormirá en el lado de mi padre, y yo en el de ella. Nuestros cuerpos no se buscan, pero están bien uno al lado del otro. Una mañana, al mirarme en el espejo descubro una cicatriz que me recorre la mejilla. Me asusto. Mi madre me tranquiliza: es la marca que me ha dejado el bordado de sus iniciales en la almohada.

Los días en que mi padre está fuera me parecerán insoportables, pero nadie lo sabrá. El día de su llegada me despertaré nerviosa y volveré de la escuela ansiosa. Casi siempre llega más tarde de lo anunciado, pero siempre trae una caja de frutas confitadas y montones de bolígrafos, calculadoras, cuadernos y llaveros de propaganda con los que le han obsequiado en las fábricas.

Ha dormido en la mesilla del hotel todos los días.

Me dice al devolverme a E.T.

Me atormenta no poder mostrar la felicidad que me producen sus palabras.

Una de las pocas palabras que mi padre conocía en euskera era *Ixilikonai!*, que significa «¡Cállate!». La utilizaba también cuando no debía, exagerando la x, con la entonación y el volumen exactos de un vasco castizo. Por ejemplo, cuando quería ser cariñoso con sus nietos les decía «Ixilikonai!». Luego su gesto se quedaba ablandado por el amor, y abría los brazos para que lo abrazaran.

Otra de las palabras que guardaba como un fetiche era *ezkailu*, que es el equivalente a «piscardo», un pececillo de río. Parece ser que alguna vez fue a pescar con su padre, y aquel día fue tan importante en su vida que la palabra sobrevivió a la devastación de la lengua. A mí me llevó a pescar dos o tres veces, quería enseñarme a hacerlo «como antaño».

Necesitarás:
- Una botella de sidra vacía
- El corcho
- 2 o 3 metros de cuerda (opcional)
- Pan
- Un martillo

Tiempo estimado para la preparación de la trampa: 15 minutos

Actividad muy recomendable para pasar el día.

Con la ayuda de un martillo romperás el culo de la botella, realizando un agujero de entre 3 y 4 centímetros de diámetro. Por él introducirás trozos de pan, rellenando el cuello hasta la mitad. Para ello, deberá tener el corcho puesto. Opcionalmente, se podrá atar una cuerda a la botella, para poder tirar de ella y sacarla del agua cuando se sospeche que hay peces en su interior. En ese caso, se sujetará la botella por su base, para que con el tirón los peces queden atrapados. Si se prefiere prescindir de la cuerda, se introducirá la botella en el río sujetándola entre algunas piedras. Cuando se sospeche que algún pez ha caído en la trampa, habrá que sacarla, siempre con la base boca arriba. ¡Es un pasatiempo perfecto para practicarlo en familia! Prepara el pícnic, busca un arroyo con sombra y ¡a disfrutar! Y recuerda: si vas con niños pequeños, ¡no te olvides de llevar flotadores!

Me ha llevado en coche a Oiartzun, a un lugar entre pabellones por donde pasa un riachuelo. En un tramo hay una barandilla de cemento a ambos lados del río. Mi padre deja su cazadora ahí. Saca los trastos de la bolsa, prepara rápidamente la trampa y, en cuanto coloca la botella en el arroyo, desaparece. Que las llaves del coche están en el bolsillo de la cazadora. Que entre en el coche si lo necesito. Que tiene que ir a hablar con un cliente. Con la mirada señala unos pabellones.

La botella de sidra, mecida por la corriente, tintinea al chocar contra las piedras. Es un sonido que me tranquiliza por su familiaridad: las pocas veces que he ido a la montaña con mis padres, siempre hemos buscado un riachuelo donde refrescar la sidra. Por la carretera pasan muchos camiones. Algunos disminuyen la velocidad al verme, el chirrido de los frenos me asusta. Otros tocan la bocina. La mayoría no me mira. Al cabo de una hora más o menos, se acerca un hombre en una moto destartalada y para frente a mí. Es un campesino. Me cuesta entenderle, ya que su euskera no es el mío, y me avergüenza mi ignorancia. Como no reacciono, el hombre me habla en castellano y es entonces cuando consigo descifrar lo que dice: que la botella tiene que estar más sumergida, que así no voy a engañar a los peces. Me observa, quizá esperando a que aplique su consejo, pero yo ni siquiera pestañeo, no quiero que sepa que no le he entendido a la primera, cuando me ha hablado en euskera. Sigue mirándome, pero yo lo ignoro, aunque desearía que bajase y colocara la botella como es debido, o que me pelara una manzana con una navaja grasienta y que me la acercara a trocitos a la boca con sus dedos gordos y mugrientos. Hago como que no oigo. Sigo de cuclillas, sujetando la cuerda. Es de sisal, pica, y de vez en cuando tengo que soltarla un rato, aunque no quiero decepcionar a papá: no quiero que piense que he abandonado el juego que él ha preparado con tanto cariño. Además, quizá esté ahí, donde la cazadora, apoyado en la barandilla y observándome en silencio; por si acaso, agarro de nuevo la cuerda que me une al río. El campesino se marcha.

En el arroyo hay ruedas, bolsas de plástico, zapatos, latas de gasolina y bebidas. A ratos me acerco a la botella, con cuidado de no mojarme demasiado, y compruebo si he pescado algo. Lo único que deseo es atrapar un *ezkailu*, encarnar esa palabra que en boca de mi padre se ha vuelto mítica, devolverle su infancia, aunque sea jadeante.

Por fin lo veo llegar, con la cabeza siempre por delante de los pies, las manos rígidas a cada lado del cuerpo, los meñiques tiesos y temblorosos.

Con una sonrisa breve, me pregunta si he pescado algo. Mayor desilusión que no haber cogido nada es haberle fallado. Para cuando le respondo ya no está conmigo, no sé dónde está, aunque su cuerpo sí esté a mi lado. Entramos en el coche. Tiene prisa por irse, como si nos persiguiera alguien. Yo no sé qué hacer con el fracaso: era para él, estaba dispuesta a ser la causa de su decepción, con los brazos abiertos.

El verano será la época más delicada para mí, porque al terminar la escuela me quedaré sin protección para seguir poniendo en escena una vida normal. El aburrimiento duele, me hace sentir fea y repugnante.

Fuera de la escuela no tengo amigos, tampoco primos. Las compañeras de clase están de vacaciones. Una en el camping de Orio; otra en Bermeo, en la casa natal de su madre; otra en Allo, en la de su padre; otras dos en Cáceres, en los pueblos de sus abuelos; hay quien alquila un apartamento en Alicante durante todo el verano, y las que no huyen, hacen con sus familias planes inaccesibles para mí: excursiones a la isla Santa Clara, sanfermines, jornadas en barco... Lo sé porque las llamo de una en una, y porque una a una van contándome cuál va a ser el plan que va a desbancarme. Dicen que lo sienten, pero yo sé que solo se compadecen de mí; tardaré en perdonarlas. Sin embargo, me siento tan sola que anoto las direcciones provisionales de todas ellas en un cuaderno perfumado y, en revancha por su condescendencia, calculo meticulosamente en qué orden les escribiré. Tengo un diario acolchado que se cierra con candado. En él escribo la evolución de todas mis amigas basándome en cuatro categorías: amabilidad, honestidad, higiene e inteligencia. Las hojas son cuadradas y escribo telegráficamente con bolígrafos de colores: «mentiras demasiado infantiles», «siempre dispuesta a ayudar», «inteligencia limitada», «pelo grasiento, liendres».

Todas tienen a alguien esperándoles allí, amigas de las que hablarán durante todo el año y que a mí ya me acaban resultando familiares. En cuanto leo el nombre de una de esas amigas imposibles en sus cartas –que siempre llegan tarde–, mi envidia y mi imaginación febril se desbocan. El verano me envilece.

¿De camping? ¿A dormir en el suelo como miserables? ¡Por favor!

¿A Cáceres? Viviendo aquí, ¿ir a ese secarral? ¡Qué gente más enrevesada, niña!

¿A la isla Santa Clara? Para poder decir que han estado de vacaciones en una isla… ¡Ja!, ¡si no, ya me dirás!

Dice mi madre a mediodía, a la vuelta del trabajo, después de preguntarme por qué no he quedado con nadie, haciendo suyo mi dolor.

Además de llevarme a pescar, mi padre me lleva a visitar obras. Son edificios en construcción, a veces conjuntos de casas, que suelen encontrarse a las afueras de Hernani, Irún, Lezo u Oiartzun. Papá cierra tratos con los contratistas entre los cimientos. Se estrechan la mano. Se dan palmadas en la espalda. A él enseguida se le agota el palique y observa en silencio a los trabajadores de la obra. Al cabo de un rato el contratista le ofrece una cerveza señalando una nevera portátil. Con una breve sonrisa que se extiende por todo su cuerpo, dice que no. Henchida de orgullo, miro al vacío con la cabeza bien alta, pero cuando relajo la mirada papá ya no está, ha desaparecido.

Me quedo sola entre hombres gritones vestidos con monos de trabajo y encaramados a esqueletos de cemento. Es difícil decidir cuál es el destino de esas formas de hormigón, si están surgiendo o acaban de ser derribadas, si son ruinas que se alzan o retroceden. Camino entre cascotes, ladrillos y armaduras de acero hasta que papá vuelve, sin percatarme de que estoy caminando sobre los sueños de otros.

En verano también quedo con unos chicos de clase para recoger cartón. Vamos con las bicis de tienda en tienda pidiendo cajas, las plegamos, las sujetamos en las parrillas y después se las vendemos al chatarrero, que las coloca en la balanza. Con el dinero que ganamos compramos chucherías y las engullimos en un rincón del parque. El suelo de hormigón está caliente. Si nos tumbamos y cerramos los ojos, podemos imaginar que estamos en la playa.

A veces también voy a la playa con mis abuelos, a veces a la Concha, otras a Getaria. La abuela lleva un vestido claro. Sin ser guapa, es alta y delgada, elegante y altiva. De niña perdió un ojo, y lleva unas gafas de sol que le cubren media cara. Cuando lo rememora riñe a su interlocutor levantando el dedo donde habría signos de puntuación.

Mi madre estaba tejiendo y yo entré corriendo a la habitación, porque era muy traviesa, ¡muy, pero que muy, eh! Le salté encima para abrazarla y la aguja que tenía debajo del brazo me atravesó el ojo.

Dice.

La manera en que cuenta la historia impide que yo sienta compasión. A lo mejor lo hace a propósito. El accidente la hizo crecer entre algodones, y por ello su padre bautizó con su nombre el negocio que posteriormente se haría próspero, dejando a las otras dos hijas de lado. Convertirse en la hija empresaria confirió a la abuela otra manera de vestir, otros temas de conversación y otros modales, pero sobre todo la superioridad y la soledad de expresarse en un idioma diferente al de sus hermanas. No echa de menos ni el caserío ni la vida ni las costumbres ni el pasado; solo se le ilumina el rostro al hablar de la época en que contrabandeaba con lencería y relojes provenientes de Francia.

Atravesábamos la montaña de noche, con abarcas, para sacarnos unas perras. Tenía unas piernas muy ágiles. ¡Muy ágiles!

Nunca habla de política, a pesar de que durante la guerra los nacionales arrebataron a su padre los dos barcos que tenía en el puerto de Pasajes, pero le gusta el lehendakari Carlos Garaikoetxea, y cada vez que su imagen aparece en televisión menciona lo guapo que es. De las tres hermanas, ella es la única que no ha hablado euskera con sus hijos, y hasta que nazcamos las nietas ese idioma no volverá a entrar en su casa. Siempre nos acercaremos a ella con cuidado, como si bajo las axilas tuviera esperándonos dos largas agujas de hacer punto. Casi nunca la veré en la tienda, ya que después de ser madre decidió dejar aquel trabajo, pero cuando aparece por allí se crea un ambiente solemne, no solo por parte de sus sucesores, sino también por parte del resto de los trabajadores. «Buenos días, María Antonia», le dicen todos, aunque para mí solo sea «la abuela Mari». Su agenda está marcada por el ojo de cristal: hay que hacer limpiezas, ajustes de la cuenca, proyectos para una prótesis nueva, intervenciones, citas para probarse gafas especiales.

Papá la admira, pero la admiración no parece ser recíproca: él la trata con pleitesía, y ella se deja adorar. Los dos tienen varices en las piernas y suelen ir juntos a una clínica de San Juan de Luz para tratárselas. Papá parece contento de compartir algo con su madre, aunque solo sea un diagnóstico, y la víspera, ufano, pregonará su excursión ante todo el mundo, desde clientes hasta empleados.

En la playa, la abuela se tumba y permanece inmóvil durante horas. Se protege los ojos con conchas que guarda en un recoveco de la bolsa. Tiene la piel brillante y suave, sus piernas y brazos son largos, finos y bonitos. Mi abuelo recoge algas en la orilla; lleva un minúsculo bañador rojo que hace resaltar su cuerpo atlético. Se pasea entre las algas, eligiendo las que más le gustan. Luego las limpiará en la orilla y las extenderá cuidadosamente encima de una toalla, sobre unas hojas de periódico, y al cabo de un tiempo les dará la vuelta. Cuando llegue a casa seguirá con su secado artesanal, ya que las algas son el ingrediente estrella de las nuevas pócimas que prepara. Mientras tanto, yo espío obsesivamente a los niños y a las familias que me rodean. Me baño. Juego a ahogarme. Soy experta en hacerme la muerta. Encuentro paz al dejar de respirar. Nado. Siento vergüenza por los niños mayores que yo que gritan cuando se acercan olas grandes.

Qué ridículos.

Pienso constantemente, y no puedo dejar de mirarlos, a pesar de tener los ojos quemados por el salitre.

El abuelo y la abuela no se dirigen la palabra. Cuando la abuela dice algo, el abuelo me mira sonriendo y gesticulando. Cuando el abuelo dice algo, la abuela se quita la concha del ojo sano, estira un poco el cuello y fija su mirada en él, sin decir nada.

El aburrimiento me vence como una enfermedad, extendiendo por todo mi cuerpo rencor y tristeza.

Observo a las madres obesas que dan voces a sus hijos para que vayan a merendar, a los niños bobalicones que siguen jugando, esos brazos femeninos que terminan en bocadillos: sus hijos se lo están pasando tan bien que ni siquiera tienen hambre.

Lo he visto romper nueces con las manos.

Lo he visto partir manzanas en dos sin cuchillo.

Lo he visto arrancar lapas de las rocas y sorberlas ruidosamente.

Lo he visto comer del cuchillo el queso con gusanos que algún contratista le trajo de Francia.

Lo he visto tragar huevos casi crudos, apenas pasados por agua, romper la cáscara con el vientre de la cucharilla y beber el interior como un lobo que busca afinar su voz.

Lo he visto buscar *steak tartar* en los menús de los restaurantes. Siempre que hay lo pide y exagera lo mucho que le gusta. Nos ofrece la mezcla de carne picada cruda y yema de huevo con el extremo del tenedor. Mamá y yo retrocedemos.

Lo he visto disfrutar con la repulsión que sentimos mi madre y yo. Come para nosotras, representando su virilidad; nosotras cumplimos con nuestro mandato femenino al divertirnos con la repulsión que sentimos.

3 de abril de 2019

Cumpleaños de papá.

Le he llamado para felicitarle y me ha dado las gracias,

luego me ha preguntado si los niños están bien y le he contestado que sí, que qué están haciendo esos bribones, ha seguido, y le he contestado que el vago, entonces me ha dicho que hacen bien, y yo le he dicho que disfrute del día, y él ha respondido que sí, adiós, adiós. Treinta segundos.
Siempre hemos sido como forasteros el uno para el otro. Cuando dejó de beber cambió de continente, pero aun así seguimos comportándonos como dos desconocidos. No sé en qué he cambiado yo a sus ojos. ¿En qué me he convertido para él después de que dejara de beber? ¿He mejorado o he empeorado?

Mi inventario de sus cosas heredadas:

- Rodillas huesudas
- Ojos saltones
- Rostro estrecho
- Cuello largo
- Cabello color tabaco
- Escoliosis
- Mejillas desprovistas de carne
- Vergüenza
- Introversión
- Arrogancia
- Mal genio
- Silencio

3 de mayo de 2019
Hoy mi madre me ha dicho que estoy muy guapa.

23 de mayo de 2019
Hablo por teléfono con mi hermana. Le digo que estoy escribiendo sobre papá. No le digo que ella no sale. Creo que no le gustará, pero es mi manera de protegerla.

Hablo por teléfono con mamá. Le digo que estoy escribiendo sobre papá. Le digo que ella sale. Creo que no le gusta, pero es mi manera de decir la verdad.

28 de mayo de 2019

El fin de semana pasado, Lander y yo pintamos las paredes y el techo de la sala. El domingo, cuando vinieron papá y mamá, papá me preguntó por qué no estábamos usando el kit de pintar que nos había regalado. Se refería al Rodillo Mágico que venía en una caja de cartón y que había comprado en la Teletienda unos meses atrás. Lo teníamos aparcado en algún lugar, ni siquiera lo habíamos sacado de la caja: cuando lo trajo nos había parecido un artilugio inútil. Se quedó esperando a que le respondiera. Al final le dije que lo habíamos olvidado. Entonces chasqueó la lengua y se marchó. Su decepción me resultó tan insoportable que bajé de la escalera con el impulso de ir a por el kit. «Si lo hubieseis usado, ahora no tendríais que quitar esos pegotes del suelo».

Cuando se marcharon, él y mamá dejaron un halo de tensión entre nosotros: la música empezó a molestarme, no tenía ganas de charlar y estaba arrepentida de haberme lanzado a pintar la sala («Deberíamos haber llamado a un pintor»). Encontré el kit en la caseta: las instrucciones decían que había que rellenar con pintura el interior del mango del rodillo. Fui en busca de un embudo, aunque era consciente de que ya habíamos dado dos manos en paredes y techos, y de que ya no tenía sentido: era demasiado tarde.

3 de junio de 2019

Paseo por la playa con Oihana. Le comento, como de pasada, que a papá le han extraído líquido del abdomen, a sabiendas de que se va a sorprender.

—¿Paracentesis?

—Creo que sí.

–Joder.

–¿Joder?

Una parte de mí sospechaba que era grave, pero Oihana ha disipado todas mis dudas.

–He tenido pacientes así… Eso es que tiene el hígado muy estropeado.

–¿«Muy»? Ha dicho que no a la posibilidad de un trasplante.

–Hay que ver cada cuánto se le llena el abdomen… ¿Estás segura de que le han ofrecido la posibilidad de un trasplante?

–Es lo que me ha dicho mi madre.

–Me extraña tanto… Por lo que me cuentas, tendría muchas posibilidades de quedarse en el quirófano.

–Parece ser que ha sido él quien se ha negado.

–La gente no suele saberlo, pero hay cosas peores que la muerte.

–Tal vez.

–¿Por qué no vas tú a hablar con los médicos?

–¿Yo?

Me he puesto a la defensiva. Pánico. Vergüenza. No hacia la enfermedad, no hacia mi padre, sino hacia mis sentimientos. Miedo a resquebrajarme.

Continuamos con el paseo. Al volver a casa, he llamado a mamá para preguntarle por la posibilidad del trasplante.

–Claro que se lo han ofrecido, pero no quiere, ya sabes lo cabezota que es.

–Pero ¿sabe qué le espera si no lo hace?

–No.

–¿Entonces?

–Me has jodido la mañana.

–Habla con el médico.

–Estaría bien que la próxima vez vinieses, así…

Me ofusco… niña, fría, miedosa.

Después de ducharme y regar todas las plantas de la casa y de hacerme un corte en el dedo pelando una manzana, le he enviado un audio diciéndole que iré, que me diga qué día es la próxima cita. No me ha contestado.

5 de junio de 2019

Ayer estuve en Atabal, en un concierto de Anari y de Low. No sé por qué, antes de entrar en la sala le conté a Maialen el asunto de mi padre. Contarlo fue entenderlo. Las palabras se abrieron paso en mi boca como una infección: «Se está muriendo». Mi dolor no le causó repugnancia ni espanto, me dedicó una mirada sencilla, y gracias a ella no me desangré.

3 de julio de 2019

Todos los padres y madres creen, tanto en privado como en público, que sus hijos y sus hijas son especiales.

Todos los hijos e hijas creen, tanto en privado como en público, que sus padres y sus madres son especiales.

5 de julio de 2019

Parece ser que antes de poder valorar la opción del trasplante tienen que hacerle una prueba, pero papá se niega. El patólogo le ha ofrecido un mes de plazo para que tome la *última* decisión.

Conocemos la respuesta.

En algún lugar profundo de mí misma siento una especie de orgullo absurdo, estúpido y autodestructivo por la decisión que va a tomar mi padre. Y diría que mamá también.

¿Qué me gustaría que hiciera un padre ideal?
¿Qué hacen los padres ideales?
¿Ir a la guerra?
¿Renunciar a ir a la guerra?

Hay cosas peores que la muerte.

6 de julio de 2019

Saioa me ha contado que a un conocido suyo le hicieron un trasplante de hígado y que eso le cambió la vida, «sobre todo emocionalmente». «La manera de vivir y procesar las cosas —me ha dicho—. El hígado decide a qué dar paso y a qué no». Por un momento, me he permitido soñar con esa posibilidad.

Mis abuelos han comprado un apartamento en Benicàssim con la idea de que, cuando sus hijos tengan que visitar las fábricas de Castellón, se alojen allí y así puedan aprovecharlo también en verano. Está junto a la playa, tiene un único dormitorio, una sala con dos sofás cama, una cocina diminuta y una terraza grande. Como somos muchos en la familia, hay que coger turno para ir durante las vacaciones. Nosotros iremos todos los veranos, coincidiendo con el día en que empiezan las fiestas patronales de Rentería, porque así lo desea mi padre. Mamá me explica que papá no quiere quedarse en el pueblo durante las fiestas porque suponen una tentación demasiado grande para él. Se niega a sí mismo el derecho a emborracharse precisamente en las fechas en las que sería razonable hacerlo, como si el resto del año llevara una vida monacal.

Año tras año, partiremos todos juntos y de la manita a aquella especie de residencia de desintoxicación. Allí nos convertiremos en sus tutoras involuntarias, que tendrán como misión alejarlo del pecado. Mamá se encarga de hacer las maletas y de preparar la comida para el camino. Papá sale de casa temprano en busca del coche, que está en el garaje del almacén, a cinco minutos de casa.

Aprovecharé para llenar el depósito, estad listas.

Dice.

Mamá contesta sin mirarle, con un sonido gutural.

Tras cerrar la puerta, dice:

Va a llenar el depósito del coche y el suyo propio.

Al regresar toca la bocina. Llega media hora más tarde de lo previsto. Sabíamos que iba a ser así, pero ya estamos preparadas y esperándolo, porque somos así: hacemos las cosas bien para que la culpa sea siempre de los demás.

De camino a la panadería me he encontrado con el aparejador del Ayuntamiento, tienen un proyecto gordo entre manos y quería contármelo. Le he respondido: «Oye, que mi familia me está esperando para marcharnos de vacaciones, ahora no me viene bien hablar contigo».

Dice.

Intenta disimular, no se le nota lo suficiente como para que alguien que no lo conoce se dé cuenta de que está bebido, pero nosotras lo sabemos por la manera en que mueve la boca, por ese bailecito de los labios.

Me ha traído un bollo de leche y una chocolatina de la marca Elgorriaga.

Lo peor es el viaje en coche, la música dulzona que pone en la radio para aliviar el silencio. Ni a papá ni a mamá les gusta la música, al menos no lo suficiente como para comprarse un casete. Papá es torpe conduciendo, revoluciona el motor constantemente, cuando un coche le adelanta pega un volantazo y arremete contra el conductor: los culpables son siempre los demás, sobre todo los motoristas. Nada más salir de la provincia, la paz del último trago se desvanece.

¡Hijo de puta!

Grita.

Por la ventanilla del asiento trasero observo cómo se escapa un paisaje que cada año siento más mío. Ya soy capaz de emocionarme con cielos grises de nubes portadoras de lluvia, de sentir que los montes verdes y oscuros me pertenecen con tanta fuerza como siento que mi brazo es mío. El azar hace que en la radio suene una canción de Benito Lertxundi.

¡Mira!

Dice papá.

Se dirige a mí. Aunque ni él ni mi madre lo hablan ni lo entienden, aprecian el euskera como se aprecian las reliquias. Intuye que la canción le gustaría si la entendiese, y por eso cree que a mí tiene que gustarme. Sube el volumen. No conozco la canción. Mi madre canturrea «lalalala» por encima de la melodía, sin ninguna gracia.

Qué canción tan preciosa, este sí que canta bien.

Dice mamá, y yo entiendo lo que encierra la frase. Quiere decir que los otros no cantan bien, y «los otros» son los cantantes españoles que se dedican a la música ligera. Aunque no entiende la letra, percibe en Lertxundi profundidad, seriedad y deseo de trascender. No soporta la teatralidad y la afectación de esos otros hombres que cantan al amor, y tampoco soporta los llantos y lamentos de las tonadilleras de la tele.

Qué ridículos.

Dice.

Qué ridículas.

Llevo un pantalón corto de color blanco y una camiseta de rayas blancas y azules. Soy muy delgada, me caben los dedos y los puños en el hueco de las costillas. Los pelillos del asiento me causan picor en los muslos sudados. Busco mi reflejo en la ventanilla. Me peino el pelo corto poniendo los dedos en forma de rastrillo, hacia atrás, como un playboy. Nunca me miro al espejo si ellos están delante. No deben sorprenderme en un acto tan íntimo y vanidoso, no deben descubrir lo frágil que soy.

A medida que el verde desaparece del paisaje, se impone el amarillo. Descubro que los colores no desaparecen, que nada desaparece, que todo es sustituido por otra cosa, el verde por el amarillo, los montes por las llanuras, la espesura por la desnudez, la tierra por el cielo. El descubrimiento me causa asombro, y me reprocho no haberme percatado antes: ¡Tonta! Tal vez estoy equivocada y me empeño inútilmente en buscar algo que pueda desaparecer. Observo las motas de polvo que revolotean en el interior del coche, juego a atraparlas. Cierro los ojos. Trato de definir lo que veo con los ojos cerrados, lo primero que pienso es que se trata de la parte interior de mis párpados, pero descubro que al cerrar los ojos los volteo, así que lo que veo deben de ser mis entrañas, me asusto, siento fascinación y asco antes de convencerme a mí misma de que es imposible que sea mi cuerpo por dentro. Luego intento dilucidar si lo que veo es negro o se trata más bien de la nada. No puede ser la nada, porque lo negro no es del todo negro: hay partículas que se mueven en la nada que hacen que la nada deje de ser la nada.

Papá ha dicho que iríamos hasta Cariñena de un tirón, pero ha parado el coche delante de un bar, al borde de la carretera, con la excusa de ir al servicio. Mi madre y yo esperamos dentro.

Ahí va, a repostar.

Dice mamá sin levantar la mirada del *Pronto* que ojea sobre sus rodillas desnudas. Lo veo abrirse paso por el suelo polvoriento, con camisa blanca de manga corta y pantalón beige, gigante y torpe. Al salir del bar, se seca los labios con la muñeca, abre la puerta del coche y pregunta dócilmente si queremos tomar algo.

Vámonos, o no llegaremos nunca.

Ataja mamá.

Han apagado la radio. El ambiente es cada vez más lúgubre. Abro las ventanas traseras para sentir calor, necesito algo que venza mi malestar.

Cierra las ventanas, no quiero que entre ese calor asqueroso.

Dice mamá.

Un motorista nos adelanta.

¡Ojalá se estampe en la próxima curva!

Dice papá, y golpea la bocina con el puño.

¡Eso!

Le jalea mamá.

Que no se mate, ¡mejor que se quede inválido de por vida!

Al llegar a la altura de los Monegros, empiezan a hablar del paisaje como si no lo hubieran visto nunca, a pesar de que papá hace el mismo viaje dos o tres veces al año y nosotras todos los veranos. Una pequeña dosis más de hostilidad hacia el mundo:

Desde luego… ¡hay que vivir aquí!

Ni se te ocurra abrir las ventanas ahora, ¡que nos achicharramos!

Mira qué seco todo.

Ni una brizna de hierba, ni una rama, ni una flor, solo rocas.

Por algo le dicen «el desierto de los Monegros».

Nosotros venimos de otro lugar. Nosotros venimos del verde. Si has nacido aquí, quizá no seas consciente de que has nacido en el infierno.

Será eso.

Pobres.

Las penurias ajenas les resultan reconfortantes, y gracias a ello haremos el último tramo de viaje en armonía, casi de buen humor.

Me duermo. Al despertar, miro por la ventana: campos de naranjos, montañas y suelos rojizos, del color del corazón de los azulejos.

Falta media hora para llegar.

Mamá, transformada, con los ojos brillantes, me golpea la rodilla como si celebrásemos una victoria.

La urbanización se compone de dos edificios que se acechan mutuamente. Entre ambos edificios, a un lado, una piscina, y al otro, una cancha de baloncesto, delante de un parque infantil. En cada una de las entradas a los edificios hay un porche, y al atardecer muchos de los vecinos se reúnen allí en torno a unas jarras de sangría. Mis padres les llaman «los parroquianos».

Cada apartamento tiene asignado un aparcamiento. El nuestro está al lado de un muro, y papá tiene que hacer numerosas maniobras para aparcar el coche sin rayarlo. Cuatro o cinco parroquianos se acercan a verlo. Mi padre y mi madre se ponen nerviosos.

¡Ni que hubierais visto un ovni!

Les dice mi padre al salir del coche; los vecinos se marchan sin decir palabra.

Papá saca las maletas y demás trastos y los lleva apresuradamente hasta el pie del ascensor.

Subid vosotras, vuelvo enseguida… ¡Habrá que limpiar el coche!

En el ascensor, mamá hace un resumen de los tragos que papá lleva encima:

Los del garaje, el de cuando ha ido a mear, el de Cariñena, el del otro Restop… y ahora caerán otro par…

Mientras calcula golpea con el dedo índice los demás dedos de la mano. La alianza es el único anillo que lleva.

Seis tragos.

Parece satisfecha con el resultado.

Durante tres semanas ese será su promedio, los cándidos tragos que toma cuando huye de nuestro lado para poder seguir a nuestro lado. Es la única época del año en la que no lo veré borracho. Pero mamá y yo estamos al acecho. Soy su fiel aliada. Cuando vuelve de sus escapadas, medimos lo que dice y cómo lo dice, cada una por su lado: lo espeso de su lengua, la caída de los párpados, el campo de visión que abarca. Consigue mantener la compostura, seguramente gracias a que bebe solo cerveza (en contraste con su rutina, compuesta de bebidas con mayor graduación). Se levanta a primera hora de la mañana, atraviesa la sala pasando al lado del sofá cama en el que yo duermo y se prepara un zumo de naranja antes de escabullirse. A veces oigo sus pasos, su andar sigiloso para no despertarme. Otras veces lo observo sin que él se dé cuenta y veo sus manos temblar.

A la vuelta trae la compra. Víveres a cambio de alcohol: *win-win*.

Son vacaciones estajanovistas, está previsto de antemano qué hacer en cada momento. Por las mañanas, playa. Yo paso la mayor parte del tiempo en el agua; ellos prefieren caminar por la orilla. A la vuelta, en un bar cercano a la urbanización, papá tomará dos cervezas, mamá dos Bitter Kas y yo dos horchatas. Nosotras también bebemos a pares, para no desentonar. Acompañamos las bebidas con una ración de sepia o unos cacahuetes. Antes de terminar el primer trago piden el segundo, haciendo un sobreactuado alarde de calor y de sed. No aguantamos sentados más de media hora.

Al llegar a la urbanización, mientras ellos preparan la comida, me zambullo en la piscina. Haré unos largos para matar el tiempo e impresionar al resto de los veraneantes con mi estilo trabajado durante horas, si es que son lo suficientemente perspicaces como para apreciarlo, cosa que dudo, aunque lo que más me gusta es estar bajo el agua: relajar el cuerpo y la mente antes de sumergirme y hundirme suavemente. El entrenador de natación nos explicó que el agua se puede tocar y me empeño en ello, sentada en las baldosas del fondo, intentando encajar en el líquido como la pieza de un puzzle. Interrumpo la respiración, sigo las burbujas con la mirada, con la mayor quietud posible, atenta al cronómetro, escuchando el silencio, alejada de la vida, amortiguada, soy pez mientras los pulmones me lo permiten. Cumplo el minuto con facilidad. Al volver a la superficie me encuentro con el bullicio de la chusma, e inevitablemente vuelvo a convertirme en humana.

Papá me silba desde el balcón. Significa que la comida está lista. Soy la única niña que está sola. De entre los niños que vienen año tras año, yo soy la única que no forma parte de ninguna pandilla. Cuando llega un coche, quienes están en los aledaños de la piscina y el porche se abalanzan sobre los recién llegados. Los observo. Los niños y los adolescentes dan la bienvenida a los otros niños y adolescentes. A nosotros no nos ha rodeado nadie. Para mamá la soledad es un signo de distinción.

¡Qué ridículos!

Dice, cuando un grupo de niños recibe al recién llegado con globos y carteles.

Comemos en la terraza del apartamento, en una mesa con sillas de plástico cubierta con un mantel a cuadros. No hace mucho han contratado a un portero de origen rumano que vive en la planta baja de uno de los edificios de la urbanización. Mi padre fanfarronea diciendo que él es el único con el que tiene relación, ya que el resto de los veraneantes «son racistas». En cuanto nos acomodamos en el apartamento, va a saludarlo para ponerse al corriente de los asuntos vecinales. Luego nos cuenta la conversación, haciendo mímica e intentando imitar el acento y la manera de hablar del hombre. Yo nunca he hablado con él, pero encarnado en papá parece manso, honrado y amable, un poco inocente. Lo imita sin apenas abrir la boca, encorvando la espalda:

¡No es posible descalzo portal!

¡No es posible ascensor mojado!

¡No es posible colchonetas y balones en piscina!

¡No es posible comida en césped! ¡Hormigas, hormigas blancas!

Es en la reunión de vecinos donde se dictan las reglas. Muchos de ellos viven en la capital durante el invierno y pasan el verano en Benicàssim. Casi todos pertenecen a la misma casta y visten de la misma manera: conforman una única comunidad en el porche.

Son unos fascistas, qué ganas de prohibirlo todo, ¡incluso en vacaciones!

Dice papá enfatizando la palabra «fascistas».

¡Que se vayan a agitar sus banderitas a las plazas de toros!

Le espolea mamá.

Pobre rumano… tener que lidiar con esa gente, ¡y además por cuatro perras!

A pesar de que mi madre nunca se le ha acercado, los dos dicen sentir mucho cariño por él, sin duda porque se sienten superiores.

Por la tarde, papá y mamá leen periódicos y revistas en la terraza del apartamento hasta que el cenicero se desborda. Papá rellena meticulosamente, página a página, un cuaderno de crucigramas. Yo leo en el sofá, o escribo cartas a mis amigas en hojas perfumadas. También veo la tele. Me gustaría que papá se pareciera a Jacques Cousteau o a MacGyver. La piel me arde por el sol, y me gusta notarla tirante cada vez que me muevo. Estoy tan morena que me han salido unas manchas blancas en la cara que me dan cierto aspecto de chico travieso. A diferencia del resto del año, me siento atractiva.

Una de las normas de mis padres dicta que después de comer no se debe salir a la calle.

El calor es infernal.

Cada vez que mencionan el tema, enfatizan la descripción de la temperatura levantina con gestos de indignación, repugnancia, angustia, ahogo y sed.

A estas horas no se puede salir. Te puedes morir.

Qué asco.

Solo se puede cambiar esta rutina cuando vamos a comer con los dueños de las fábricas de azulejos o con sus representantes. La mayoría son nuevos ricos que nos suelen citar en algún restaurante caro y «con solera» del Grao de Castellón. Van en coches ostentosos que mis padres jamás comprarían, aun pudiéndoselo permitir.

Cuánta tontería.

Dicen, cuando los ven llegar, ya que nosotros siempre llegamos a la cita en punto o con cinco minutos de antelación, vestidos para la ocasión.

Qué ridículos.

No recordaré sus nombres, pero aglutinaré su recuerdo en la imagen arquetípica de un hombre y una mujer creada a través de fragmentos de todos ellos: a él le cuelga la papada y lleva un sello de oro en alguno de los dedos (un dedo pequeño y rechoncho), viste americana, camisa azul cielo y calzado de cuero con algún adorno dorado, sin calcetines. Ella es callada y coqueta, delgada y dulce, usa perfumes penetrantes y nunca trabaja fuera del hogar, aunque puntualmente echa una mano en la administración de la fábrica. Me prestan atención, pero yo no soy capaz de devolverles la emoción que desprenden. Siempre que haya, pediré almejas en salsa verde, y de postre limón helado. En un gesto de camaradería masculina, el hombre invitará a mi padre a ir a pescar en barco. Mi padre irá gustosamente y será el único día de las vacaciones que estaremos sin él. De noche alardeará de las langostas que han conseguido pescar, aunque siempre vendrá con las manos vacías. Para sorpresa nuestra, sin embargo, habrá regresado sobrio. Cuando papá no esté mirando, mamá me hará el gesto de la botella. Luego negará con la cabeza y esbozará una sonrisa. Estamos contentas.

Durante un día normal no volveremos a salir de casa hasta que el sol afloje. Ya de noche, iremos a cenar. El apartamento está al lado de la playa, y para ir al pueblo hay que coger el coche. Nos duchamos y nos vestimos como Dios manda, nada de ropa playera. Mi padre y mi madre conocen todos los bares y restaurantes de Benicàssim e intentan variar lo máximo posible, como si los hubieran retado a cenar en uno diferente cada día. En cuanto nos sentamos a una terraza, mi padre pide una cerveza y la vacía de un trago.

Qué sed.

Dice, limpiándose la espuma con la punta de la lengua.

En la cena bebe otro par más, sin ocultar la ansiedad que le produce tener una botella en las manos. Oficialmente, esas cinco que bebe delante de nosotras son las únicas que ha bebido durante el día. Sea como sea, en tres semanas no se emborrachará ni una sola vez.

De vuelta al apartamento, en el coche, llevarán a cabo la auditoría del restaurante repasando lo que hemos cenado y lo que hemos pagado, comparándolo con la cocina y los precios de otros restaurantes.

Le han echado harina a la salsa y eso es trampa, la de verdad se hace sin harina, no me ha gustado.

Dice mamá, en su insobornable afán por desenmascarar la mentira.

Le faltaba sal.

Dice papá. La sofisticación gastronómica de mi padre se limita a decir si algo está demasiado soso o salado, y lo que determina la categoría del restaurante consiste en ofrecer a los comensales servilletas de tela y no de papel.

Al cabo de tres semanas, el objetivo estará cumplido: papá no será el mismo. Su rostro hinchado ha empezado a recuperar su aspecto original; su mirada, aunque tímida, tiene algo parecido a un rumbo; y sus palabras, aunque escasas y hurañas («Se está bien aquí», «El agua está buena hoy», «Sabe rico esto»), parecen querer decir algo. Para el viaje de vuelta se ha puesto un polo fucsia y un pantalón corto.

En Irurzun, a una hora de casa, el cielo se vuelve casi palpable, y las nubes, cargadas de malos augurios, sustituyen al cielo ingenuo e infantil que nos ha albergado durante las últimas semanas.

Tiene sed antes de llegar.

Se acabó la *sitcom* que es el verano, no habrá nueva temporada hasta el año que viene. En menos de una semana se materializará la caída: seremos expulsadas de su campo de visión y también del lugar desde el que mira.

7 de julio de 2019

Hoy he soñado con este diario. Cuando mi madre pronunciaba cierta palabra, en el interior de esta narración se abría una puerta con un gran crujido que me llevaba a otra parte, que me permitía volver atrás por un pasillo de madera, retomar la historia en el punto donde la había dejado. La contraseña para abrir la puerta era «Es por la ciarrosis».

Al principio bebe delante de nosotras.

Trae un gran garrafón de vino de la bodega Lekuona y en cuanto llega a casa rellena una botella con la ayuda de un embudo.

Beben en las comidas, papá vino y mamá agua con vino. Si, en un descuido, tomo un sorbo del vaso de mi madre creyendo que es el mío, pego un grito y de camino al fregadero lo salpico todo, expulsando el brebaje demoniaco que ha penetrado en mi interior. Como son de costumbres rígidas, vacían media botella de vino al mediodía y la otra mitad a la noche, como si de un acuerdo se tratara, hasta que mamá se da cuenta de que el nivel del vino baja cada vez más rápido. Le pide cuentas a papá, pero este niega la acusación y durante los días siguientes añade agua al vino para engañarnos. Necesito verlo con mis propios ojos: vierto de la botella un chorro de vino en un vaso, y hago lo mismo con el contenido del garrafón. Cuando los miro a contraluz, no hay duda. Pensaba que la mentira era un truco que utilizaban los niños tontos y pusilánimes, y me confunde comprobar que mi propio padre es capaz de echar mano de esas artimañas.

Empieza a beber directamente del garrafón: lo descubro tras la barra, en cuclillas, vertiendo vino en un vaso; no sabe que lo observo. Se levanta, atraviesa la sala con una V roja dibujada sobre el labio superior, pero no hay rastro del vaso. Busco dentro de la barra, en vano. Lo sigo mirando sin que él se dé cuenta y percibo en el bolsillo de su bata un bulto de aspecto consistente. Lo que tiene que durar dos semanas, solo dura una.

Durante el día, todo el tiempo que está en casa lo pasa dormido en la butaca de la sala. Deja de venir al mediodía cada vez con más frecuencia. Se justifica diciendo que ha recibido la visita de un representante y que está obligado a llevarlo a comer a algún restaurante. No lo hace con todos, solo con los que considera amigos.

Si fueran amigos de verdad, no se lo llevarían por ahí a emborracharse.

Dice mamá.

Otras veces llama mientras estamos comiendo y le dice a mi madre que ha habido un problema y que tiene que ir urgentemente a un taller o a una obra o quién sabe adónde, que «picará» algo por el camino, que no le esperemos.

Estaba bonito, menudo cepillo llevaba.

Dice mamá.

La verdad es que nos ha hecho un favor no viniendo.

Dice mamá.

Qué calamidad.

Siempre llama, aunque sea para mentir.

Cada vez más a menudo, aun cuando llega a tiempo para la hora de comer, nada más entrar en casa dice que le duele algo, recorre el pasillo tambaleándose y se deja caer en la butaca de la sala.

Qué vergüenza.

Dice mamá.

Después de comer lo encontraremos despatarrado, vencido. Al despertar, en el instante previo a fijar la mirada en algo, me daré cuenta de que está asustado. Primero mirará sus manos abrirse y cerrarse, después la lámpara, el armario, finalmente a nosotras, que nos encontramos en el sofá de al lado, y el recuerdo de quién es, dónde y con quién está hará que el miedo se desvanezca de su rostro.

Además del garrafón de vino, en casa siempre hay mucho alcohol. En los años de vacas gordas, por Navidad, no solo las fábricas de azulejos, sino también los contratistas, albañiles y fontaneros, regalan cajas de champán, sidra o vino a la empresa. Junto con el alcohol, los fabricantes de Castellón envían una tonelada de naranjas. Mi padre y mi tía se dedican a repartir las cajas entre familiares, empleados y clientes. En la barra de casa, junto a las botellas, a menudo habrá una caja de naranjas.

No sé dónde tenía la cabeza… Cuando vinimos a vivir aquí no teníamos donde caernos muertos, ni siquiera teníamos para comprar un sofá, imagínate, cuando tuvimos tele la veíamos tumbados en un colchón… ¡Y sin embargo él empeñado en hacer una barra de bar en la sala! ¡Me lo podía decir más alto, pero no más claro! Y yo sin darme cuenta, ¡menuda tonta!

Dice mamá, enfadada, mientras pulveriza la superficie de la barra con Pronto.

Y yo también pienso que es tonta, muy tonta, que no se puede ser más tonta.

Aparte de aquella vez que lo sorprendí en cuclillas, nunca más lo he visto beber allí. Sin embargo, es imposible ignorar la presencia de la barra: una masa pesada y grande como un panteón, que ocupa una cuarta parte de la sala.

Ha dejado de traer vino a casa. Quiere hacerle creer a mamá que no bebe, que son imaginaciones suyas.

¡Mentiroso, maldito mentiroso!

Le grita mamá, mientras él trata de mantenerse erguido. Mi padre se defiende diciendo que no ha bebido más que un vino en todo el día.

Observo que mamá se queda aturdida por un instante, duda si es cierto o todo es fruto de su mente. Lo sé, porque a mí me pasa lo mismo. Entonces se aleja y, entre dientes, hace un repaso de cómo ha sido el día, tratando de ordenar el caos originado tras su acusación.

Hoy ha salido tres veces de la oficina, y cada vez ha vuelto más encorvado. Se ha dormido en la taza del váter, ayer lo pesqué roncando sobre la mesa de la oficina... Tuvo que despertarlo su hermana. Y la peste que echa, ¿qué?

Se pregunta a sí misma.

¡Pero si por las noches tengo que dormir con las ventanas abiertas para que no me parezca que estoy en una destilería! ¡Y encima quiere hacerme creer que estoy loca, el sinvergüenza!

A veces solicita ayuda a su subalterna, que soy yo, para que le ayude a nombrar lo que ve. Me instruyo en el arte de olfatear. Soy más hábil que una cerda trufera. Siento ganas de ponerme a cuatro patas para rastrear el efluvio alcohólico.

¿Tú también ves lo mismo que yo?

Le respondo de la manera más breve posible.

Sí.

¿Tú lo has olido?

Sí.

¿Olía a fruta podrida?

Sí.

¿Lo viste caerse de la silla?

Sí.

¿Me has visto a mí ayudarle a levantarse y a él sin poder tenerse en pie, como si tuviera piernas de chicle?

Sí.

Soy una pequeña notaria, alguien ha de encargarse de esta labor.

Aparece borracho perdido en todas partes, en casa, en el trabajo, en la carnicería, en la panadería, en las oficinas de la policía municipal, en la estación de autobuses, en la plaza, en la reunión de vecinos. Han dejado de hacer cosas juntos. No es que antes tuvieran demasiados planes, pero ahora el mero hecho de salir un domingo a dar una vuelta y comer unos *pintxos* se ha convertido en algo prohibido.

Mi madre va de casa al trabajo, entremedias hace la compra y nada más, no quiere encontrarse con él por sorpresa. Ambos trabajan los sábados por la mañana. A mediodía, mi padre vuelve a casa borracho como una cuba. Después de un sueño profundo en la butaca, pasan el fin de semana casi encerrados: mamá porque no quiere ir a ningún lado con él, y él porque quiere demostrarle que no bebe. Gracias a ese *tour de force*, papá aguantará casi todo el fin de semana sin apenas beber.

Por la tarde regará las plantas, les quitará las hojas marchitas, trasladará las que están mustias a otras ubicaciones y ojeará las revistas del corazón de mamá. Después de la ducha se paseará desnudo por casa. Me gusta verlo así, significa que está bien. El domingo, ya recuperado, volverá a la oficina a primera hora de la mañana para terminar todo lo que ha dejado a medio hacer durante la semana. El domingo es el único día de la semana en que no bebe. Volverá a mediodía, dándoselas de marido y padre hecho y derecho, con el periódico bajo el brazo, la barra de pan, pasteles. Uno de esos pasteles es casi siempre un «borracho», un bizcocho con forma de teta empapado en ron y coronado con una guinda roja en medio de un montoncito de chantilly. Al no tener consistencia, en la pastelería ponen una cucharita de plástico en la bandeja para su destinatario.

¿Te vas a comer el borracho?

Me tienta cada vez.

Digo que sí. La mirada de mi madre es sólida, podría tocarla, pero al ser el domingo día de tregua, calla. Todavía no me gusta ese pastel, pero lo devoro para que no se lo coma él.

En cuanto introduzco una cucharada en mi boca, el pastel se deshace y el alcohol golpea violentamente mi paladar, envolviendo en una neblina todo lo que me rodea.

De esto se trata.

Pienso para mis adentros.

Fíjate cómo le gusta.

Le dice a mamá, mirándome ufano.

8 de julio de 2019

Papá y mamá se han marchado a Benicàssim, a su meca. Papá aún tiene mucha fe en ella. Benicàssim es el domingo más largo del año. Allí apenas bebe, solo come, camina, se dedica a hacer crucigramas y a quedar con sus relaciones levantinas.

En la empresa, los años prósperos cada vez son más y mejores. Es tiempo de bonanza, se están construyendo edificios por todas partes. En Rentería, al hacer desaparecer los descampados, el horizonte se ha vuelto vertical y, como si antes no lo fueran, han rebautizado y recalificado como «habitables» los herbazales, los prados y las explanadas de cemento que, a pesar de carecer de nombre, constituyeron nuestro escenario durante años, o como si los chavales, yonquis y demás gentes marginales que los habitábamos no fuéramos seres vivos. En adelante, ayuntamientos, promotores y contratistas se lanzarán a la búsqueda de espacios absurdos: los permisos de habitabilidad se han convertido en el nuevo negocio, las superficies edificables son sus minas de oro. Todo el mundo quiere construir casas, a nadie le preocupa ni para quién ni para vivir cómo. Las ondas expansivas del boom llegarán a las afueras de Rentería, arrasándolo todo a su paso y creando nuevas barriadas. La fiebre de la construcción alcanzará también al negocio familiar, y las casas ajenas devendrán para ellos más importantes que nunca. A finales de año, los fabricantes de azulejos les hacen regalos cada vez más fastuosos: además de las clásicas cajas de alcohol y de naranjas, les obsequiarán con mecheros Dupont, bolígrafos Montblanc, llaveros de oro con forma de ancla o de hélice, o viajes al extranjero con todo incluido. Mis abuelos volarán a Miami, a Río de Janeiro, a Acapulco..., lugares de los que regresarán bronceados en pleno invierno.

Hemos estado en Miami.

Mi abuela no dice «Mayami», dice Miami, como se escribe. En América.

Lo menciona cuando le preguntan por su tono de piel, sin darse mayor importancia, como si fuese algo habitual para ella, que hasta entonces apenas había salido de la provincia. De sus viajes trae caracolas marinas que colocará sobre el tapete de ganchillo que tienen encima de la tele. Cuando voy a su casa, mientras rebusco, aburrida, en los cajones de las habitaciones de mis tíos, mi abuela me sorprenderá por la espalda, poniéndome una caracola y luego otra en la oreja.

¿Oyes el sonido del mar?

Dirá sin esperar respuesta, después dejará una carcajada en el aire.

Desde que ha dejado de beber delante de nosotras, mi padre frecuenta los bares de la periferia. Vuelve a casa cada vez más temprano, pero cada vez más borracho.

¿Con quién has estado?

Le pregunta mi madre.

No contesta. A veces consigue descalzarse; otras, desiste y se queda dormido con los zapatos puestos.

Se está matando.

Dice mi madre.

Si al despertarse todavía es de día, se vuelve a marchar: en casa ya no hay alcohol. Mi madre se ha encargado de tirar por la pila todo el que tenía escondido, dejando únicamente las botellas de vidrio biselado o con filigranas de metal que sirven para decorar la barra.

Que al menos dé la cara.

Dice alejando la cabeza de la botella que está vaciando. Mi madre detesta el olor a alcohol, ya ni siquiera tolera el vino con agua. Es absolutamente abstemia de una manera hiperbólica, aunque fuma más que nunca.

Tú no bebas.

Me dice.

Me da miedo que cuando me venga la menopausia me entren ganas de emborracharme, les pasa a muchas mujeres, no quisiera.

Dice.

Y yo entiendo el miedo al que se refiere, porque a mí me asusta tener ganas de suicidarme cuando me haga mayor.

¡No lo permitas, eh! Si es necesario, me atas las manos a la espalda, ¡qué vergüenza!

Dice, asustada de sus propias posibilidades.

Estoy viendo *Tribunal popular*. La manera relamida de hablar que tiene Javier Nart me fascina. Todavía no sé que se comporta como un actor, tampoco sé que dramatizar la justicia es posible.

Si mi madre no deja el tabaco morirá, y entonces no quedará nadie entre mi padre y yo, me convertiré en su guardiana. No puedo dejar de pensar en ello.

Un lunes, mi padre trae a casa una bicicleta estática azul y blanca. Verlo subido a ella con pantalón corto me choca, y sin embargo me agrada. Mientras hago los deberes en la mesa de la sala, lo oigo pedalear.

Una hora.

Dice al entrar, envuelto en sudor. Luego se golpea el pecho con los puños, como si fuera un gorila.

De aquí al Tour.

Dice mi madre, risueña.

Sin ninguna intención de sentar precedente, yo hago un gesto que, si fuese analizado minuciosamente, podría parecer una sonrisa.

Al abrir la nevera veo que hay botellines de cerveza.

Me las ha pedido tu padre.

Dice mamá.

Parece ser que casi no tienen alcohol. Bebe un botellín tras cada sesión de bici, de un solo trago, de pie ante nosotras, como si el hecho de no hacerlo a escondidas lo librara de pecado. Al salir de la ducha bebe otro. ¡Son muy pequeños!

Le oigo explicarse ante mi madre después de que esta le haya regañado.

A la mañana siguiente no quedan más que dos botellines. Al cabo de un par de semanas, mi madre deja de comprar cerveza. Papá traerá un pack de latas de la panadería, junto con la barra de pan y el periódico.

Un mes más tarde, papá deja de traer cervezas. La bicicleta también ha enmudecido.

Bebe en la calle. No viene a casa más que a dormir; da igual a qué hora abra la puerta, no importa si es de mañana, de tarde o de noche, siempre viene a dormir. También a comer, un par de veces por semana. Sin tan siquiera calentarla, devora la comida que mamá ha dejado preparada la víspera: albóndigas envueltas en gelatina, garbanzos bajo una capa de grasa rojiza, macarrones endurecidos. Hay un animal donde debería haber un padre, uno de cuatro patas que tiene que llenar el buche comiendo directamente del puchero, casi puedo ver una cola asomando por la bata. El asco se abre paso por mi cuerpo con tanta fuerza que se me acelera el corazón y siento que voy a morir de un infarto. Pero no digo ni hago nada. Estoicamente, me reafirmo en mi compromiso de continuar siendo la hija humana de un cerdo. La imagen que da al sentarse con nosotras a la mesa no es más halagüeña: cuando no se queda dormido sobre el plato se lo come a dos carrillos, dejando el mantel lleno de despojos.

Ha empezado a ir a pescar, a algún lugar donde el río Oiartzun pasa por Iztieta, el barrio que más frecuenta últimamente.

Todavía no ha traído ni un gramo de pescado, ni siquiera un corcón.

Dice mamá.

Mamá también dice que se junta con gente que vive en la calle.

Vagabundos.

Precisa.

No parece estar tan perturbada como yo, a pesar de haber dicho «vagabundos».

Ya no sabe qué inventarse. ¡A pescar! Una excusa más para poder seguir bebiendo en plena calle.

Cada vez más a menudo, hay gente que va a buscar a papá al almacén. Hay uno que parece un náufrago. Otro, con aspecto de gnomo, viste siempre una bata de casa roja a cuadros.

A por su dinero.

Dice mamá.

A veces se marcha con ellos. Otras veces los acompaña hasta la puerta y lo veo alargándoles un billete.

Lo que hay que ver. ¡Igual es que al lado de esa gente se siente poderoso, porque él todavía es *alguien*! ¿Te das cuenta de lo idiota que soy? ¡Idiota!

Es allí donde hace la parte más exhibicionista de su vida alcohólica, en compañía de indigentes y *homeless* de todo tipo. Ahora su refugio son los bares sin *pintxos* pero con tentempiés de encurtidos situados entre pequeñas tiendas de alimentación, negocios de arreglos de costura, locutorios y carnicerías *halal* que han abierto las familias procedentes, en su mayoría, de Europa del Este y del norte de África.

A veces, al llegar a casa, se cae al suelo. A veces, aunque sepamos que está tirado en el suelo, no nos movemos del sofá.

De madrugada, oigo gritos en su habitación y corro hacia allí. Papá está encaramado a la ventana. Mamá, en camisón, intenta impedir que salte. Están forcejeando. Cuando mamá le pega un tirón del brazo, papá se deja caer en la alfombra. Le quita la cazadora y la camisa y lo ayuda a meterse en la cama.

Y tú también, vete a la cama.

Dice mi madre al darse cuenta de que estoy allí.

No puedo dormir. Los gritos que no han salido de mi interior me infectan.

A la mañana siguiente, como otro día cualquiera, mi padre me prepara el ColaCao y el zumo de naranja. Aún no ha amanecido, así que lo ha hecho con la luz del extractor encendida, sin decir ni una palabra. Deja la taza y el vaso sobre la mesa con estruendo, intentando llamar la atención, pero ni siquiera lo he mirado y ha vuelto a la cama como un siervo ofendido por su señora.

Esa misma noche, al volver a casa con una borrachera monumental, mi madre le pide que pare, papá se enfada, con un cenicero golpea la mesa de la sala y deja el cristal hecho añicos. Después se va a la cama.

Tenía que haberle dejado suicidarse.

Dice mamá.

Y cuidado con las esquirlas, no andes descalza.

Mamá aún utiliza la palabra exacta para cada cosa.

Coloco una esquirla en la yema de mi dedo índice. Repito la palabra «esquirla» mirándola fijamente, con la esperanza de que aprender a nombrarla me mantenga fuera de peligro.

Durante esa época, la felicidad tendrá sonido de pedal. Los días que intenta controlar lo que bebe se sube a la bicicleta. Una vez finalizado el trabajo de oficina, por la noche, se reúne con sus hermanos para hablar del proyecto que tienen entre manos: trasladar el almacén a Oiartzun y así duplicar el tamaño de la tienda de Rentería. Ha sido idea de mi padre. Es un proyecto ambicioso que exige una gran inversión, pero tienen que hacerlo si no quieren quedarse atrás, dice. A veces, antes de acudir a las reuniones, pasa por casa, se sube a la bicicleta, se ducha, se perfuma y repasa documentos. Siempre anda yendo y viniendo, con un trajín de carpetas, escrituras, cuentas bancarias, balances anuales, planos del proyecto de la nave y de la nueva tienda dibujados por él mismo… Cuando está medianamente sobrio, le cuenta a mamá los planes que tiene en mente:

Tenemos que responder a la enorme demanda, si no el negocio va a quedarse obsoleto, hay que arriesgarse.

A mi madre le parece bien. Pero ella es una simple obrera que trabaja a destajo, le dice a todo el que quiera oírla, incluso a mi padre:

Yo no soy más que una simple obrera, a mí no me digas.

A veces acude a las reuniones como una cuba. Si al día siguiente me encuentro con alguno de mis tíos, me sentiré como un pedazo de carne sin voluntad, la prolongación de aquel hombre que la víspera llegó ante ellos dando tumbos, y me cerraré como un puño. También ellos me resultan vergonzosos, por ser tan ineptos y negligentes como para confiar su porvenir a un borracho solo porque es hábil con los números.

Mi padre sigue negándolo. Mamá enloquece.

¿Estás insinuando que me lo he inventado? ¿Me estás llamando mentirosa? A ver si al final la borracha voy a ser yo...

Dice mamá cuando explota.

Papá sonríe con socarronería. Está sentado en el sillón, dándoselas de cowboy desafiante.

Que se va a comprar una videocámara para grabar las tonterías que hace.

Amenaza mamá.

Yo los observo fijamente y en silencio. «No me harán llorar ni me harán reír» es mi lema. No romper el silencio me infunde fuerza y poder. Cuando mi padre caiga derrotado por el sueño, mi madre me preguntará:

¿Crees que estoy loca?

No.

Soy una notaria con traje de chaqueta oscuro y los hombros moteados de caspa, una notaria que está creciendo y que empieza a cobrar su minuta.

Ese día, una película sobre la Segunda Guerra Mundial consigue apaciguar a mamá: una mujer, huyendo de los nazis, se esconde con su hija recién nacida en un armario. El bebé comienza a llorar. Cuando la mujer oye el ruido de botas dentro de la casa, le tapa la boca. Durante el tiempo que tardan en registrar la casa, mi madre aumenta la velocidad con que pela las pipas que está comiendo. Cuando los nazis se marchan, la niña ha muerto ahogada en brazos de su madre. La mía, la de verdad, está llorando. Aunque al día siguiente debe levantarse temprano, nunca es demasiado tarde para campos de concentración, cámaras de gas y desmanes nazis, imágenes que le ayudan a hacer la digestión de su propia vida.

Han comprado una nave en Oiartzun y los tres hermanos de papá se han trasladado allí. Con este cambio, el almacén pasará a ser solo tienda, aunque durante un tiempo la costumbre no les permitirá utilizar la nueva designación y andarán corrigiéndose mutuamente:

No es un almacén, es una tienda.

Ambas ramas de la U seguirán conectadas a través de la oficina; sin embargo, el lado del almacén, antes oscuro y polvoriento, se ha convertido en un lugar luminoso y pulcro. Han sido papá y mi tía quienes, junto a un decorador local, han coordinado la reforma.

Mi padre se ha hecho un seguro de vida. Me lo ha contado mi madre mientras caminamos por la calle Viteri:

Si la diñase, y al paso que va no sería de extrañar, nos caerían cuarenta millones.

Aguanto el silencio.

No te creas que es tanto.

Dice.

La ampliación de la tienda conllevará un gran cambio: una vez trasladado el almacén a Oiartzun, los albañiles y fontaneros que entrarán en la oficina con ropa de faena y albarán en mano parecerán fuera de lugar, de lo ordenado y brillante que está todo lo exhibido allí. En la fachada, sobre una gran puerta de cristal, se lee «María Antonia Zapirain, cerámica y hogar» escrito con piezas de barro esmaltado realizadas por una ceramista del pueblo. Nada más entrar hay que atravesar un cilindro rojo, de unos tres o cuatro metros de diámetro, del que sobresalen estanterías, y en ellas: jaboneras, dosificadores, tarros de cristal para guardar algodones, cepilleros...

Mamá me pide que me ponga elegante para la inauguración, pero yo me decanto por un término medio, consciente de que no hay nada más vulgar que querer ir demasiado elegante. Mi cuerpo infantil ha desaparecido, ahora vivo dentro de un cuerpo que aún no entiendo en qué dirección está creciendo, en el interior de mi enemigo. Nunca he visto a mi madre maquillada: solo utiliza polvos bronceadores que hacen que el turquesa de sus ojos de Husky siberiano destaque aún más. Odia a las mujeres que se arreglan demasiado, le parecen casquivanas, sobre todo las que llevan las uñas largas y pintadas.

Las pueden llevar así porque no trabajan, y encima estarán orgullosas, menudas lerdas.

Dice. *Arbeit macht frei.*

Tengo estilo.

Dice.

Ni soy guapa ni delgada, pero tengo estilo.

Vamos juntas hasta la entrada de la tienda. Hemos llegado en punto para la inauguración, pero ya hay gente agolpada ante los escaparates.

¿No tendrán nada más que hacer? Cotillas...

Susurra mamá.

Todos como buitres a por *pintxos*.

La gente empieza a entrar a la tienda detrás de nosotras.

En el escaparate principal hay un jacuzzi redondo. La mayoría de nosotros nunca hemos visto uno salvo en las películas. Alrededor, toallas atigradas y muy esponjosas; en el suelo y en las paredes, grandes azulejos oscuros; la grifería y los accesorios de baño resplandecen como piedras preciosas. La gente está fascinada por el set que han montado mamá, mi tía Lourdes y la prima Maite.

Esto es para gente con la cabeza hueca, Arantxa.

Dice mamá a una señora que se muestra fascinada con lo que ve.

O bien:

¿Para qué leches quieres eso, Mertxe? ¡Menuda fanfarronada!

Riñe mi madre a una conocida al oírla fantasear con el jacuzzi.

No puede soportar las fantasías de los demás, no solo porque le avergüenza que sean incompatibles con la realidad, sino también porque quiere ahorrarles la pérdida de tiempo y la frustración a quienes fantasean. También ha destruido las mías, una a una, desde que era muy pequeña.

Yo, por la mañana me doy una ducha y más contenta que contenta. Esto no es para nosotras, Carmen, pero ya sabes cómo es el negocio, chica, hay que poner algo llamativo en el escaparate.

Además de cientos de azulejos, baldosas, lavabos, espejos, encimeras y muebles cuidadosamente expuestos, todos los rincones de la tienda están llenos de sets de cocina y de baño que son el último grito. El camarero de una empresa de catering reparte canapés y bebidas. Además de la familia, clientes y vecinos de Rentería, han venido albañiles, fontaneros, diseñadores, arquitectos, contratistas y unos cuantos representantes de azulejos de Castellón.

¿Dónde está el jefe?

Preguntan los hombres trajeados de papadas gelatinosas y anillos de sello nada más darle dos besos a mi madre.

Debe de estar al caer.

Dice mamá.

La tienda está a rebosar. Tal y como tiene por costumbre, mi abuela ha hecho acto de presencia engalanada como para un cóctel: recién salida de la peluquería, con el cabello rubio ceniza ahuecado, lleva gafas grandes, collares y anillos de oro, abrigo largo de pelo de camello y tacones. Se pasea un rato entre la multitud, pero los elogios la hartan y se dirige al exterior. A la salida se encuentra con mi padre. Los estoy observando. Aunque lo veo de perfil y a distancia, noto que está borracho, lo sé porque lleva el dedo meñique tieso. Se agacha y alarga el cuello en busca del beso de su madre. La abuela le ofrece la parte superior de la mejilla, casi la oreja, y antes de continuar con su camino le toca levemente el pecho con los dedos, como una reina a su súbdito.

En cuanto papá entra en la tienda, la multitud se acerca a felicitarle. Le dan palmadas en la espalda, le hacen preguntas técnicas, le ofrecen copas de champán, pero él es Johnny Halliday, que, a manotazos, se abre camino entre sus fans para llegar hasta mí. Al alcanzarme me da un beso húmedo. Vuelvo la cara un ápice, lo suficiente como para que solo él se percate. Quiero que le duela mi rechazo, pero tiene que ser un dolor privado, entre él y yo.

La gente se arremolina en torno a él con algún elogio acerca de la tienda. Papá asiente con la cabeza, despacio, mirando de reojo al adulador, haciéndole entender que está aburrido de oír lo que está diciendo, que termine rápido; no parece que la gente se tome mal el desaire. Después me mira, lleva las manos en los bolsillos de la cazadora, los meñiques fuera, balanceándose casi imperceptiblemente hacia atrás y hacia delante, creo que lo que trata de decirme es que él se ha limitado a hacer lo que tenía que hacer, que le dan igual los halagos, que aquí lo más importante soy yo. Pero yo soy insobornable, lo ignoraré cada vez que lo intente, sin flaquear ni una sola vez: enderezo la espalda, roto los hombros hacia atrás, alargo el cuello, elevo el mentón, dejo caer la mirada. Le voy a enseñar en qué consiste la dignidad.

Los halagadores también se dirigen a mí: les contesto con un monosílabo o con un breve gesto, es el peaje más barato del que dispongo para que no piensen que soy una sociópata.

Veo a lo lejos a mi madre en un set de baño, charlando con un albañil y con su mujer. El hombre está sentado en la taza del váter, hojeando un *Hola* que ha debido de coger del revistero que hay a un lado del retrete, mientras las mujeres conversan por encima de su cogote.

Papá y yo estamos en un set de cocina.

Que alguien se lo lleve de aquí.

Grito hacia dentro.

Sobre la encimera, simulando descuido, el libro *La cocina de Karlos Arguiñano* y algunos más de recetas vegetarianas; en el frutero, naranjas y manzanas de plástico.

Se nos acerca el camarero con una bandeja llena de copas de champán. Papá niega con la cabeza y luego le hace un gesto con la mano para que se aleje. Mi padre continúa a mi lado como un espantapájaros, hasta que me escapo al baño real.

Voy al baño. Siento que me ahogo.

Todavía no soy lo suficientemente despiadada como para marcharme sin decir nada, aunque estoy aprendiendo. Al salir del baño, alguien ha ocupado mi hueco.

Se me acerca mamá.

Menuda tajada lleva.

Masculla.

También tengo que castigarla a ella por haber elegido a semejante hombre para reproducirse.

Se nos acerca un representante, que le planta dos besos en la cara a mamá.

¡Felicidades, jefa!

De jefa nada, trabajadora.

Responde.

¡Qué guapa estás!

Le dice.

No es que esté guapa, es que soy guapa, tú qué te crees.

El comercial me pellizca la nariz.

Estarás contenta, ¿no?

Me dice.

No das ni una.

Pienso.

Salgo de allí, dos o tres años más tarde.

Me dirijo al polideportivo. Es de noche. Frente a la tienda hay una iglesia brutalista de color marrón. En los soportales se reúnen los últimos yonquis, en las esquinas hay policías. Uno de ellos me pide que me identifique. Lleva un pasamontañas de lana negro por debajo del casco. Una boca y dos ojos, me mira con los tres.

¿Qué llevas en la bolsa?

Pregunta.

Ropa de piscina.

Respondo.

Ábrela.

Deslizo la cremallera bajo el hechizo de su boca sin contexto.

Sácalo todo.

Cinco, cuento mentalmente, como suelo hacer cada vez que hago o deshago la bolsa para no olvidar nada, y en vez de los cócteles molotov que le gustaría confiscar, uno, la toalla, dos, el bañador, tres, el gorro, cuatro, las gafas, y sin querer hago mío el desengaño que probablemente le haya provocado ver, cinco, las chanclas.

Año tras año me esculpiré bajo su mirada, sus sospechas me modelarán, me convencerán de que puedo ser peligrosa, me encontraré a mí misma en cada registro, y cuando me pidan que me identifique sentiré la necesidad de saber quién soy.

De repente me parece absurdo pasar tanto tiempo en el agua mirando baldosas azules.

Hasta que el sonido de la bicicleta estática se desvanezca por completo, los momentos de sobriedad serán cada vez más breves: un viernes, estando con mis amigas en la plaza, aparecerá allí, achispado. Me llamará desde lejos, autoexiliándose de mi mundo. Tiene en las manos tres billetes de tren para viajar a París ese mismo día. Digo a mis amigas:

Adiós, me voy a París.

No sé qué piensan de mí, tampoco de mi padre clandestino.

Es un plan de viernes a domingo. Viajamos en coche cama. Estamos demasiado cerca los unos de los otros y no me gusta, ya que puedo olerlo. Aunque mamá lo intenta, las ventanas no se pueden bajar ni un centímetro.

Para que la gente no se suicide.

Dice.

Me ha parecido que ha hablado hacia dentro, pensando quizá que así va a amortiguar las imágenes que cree que se van a agolpar en mi mente al mencionar esa palabra. O quizá quiera evitar el recuerdo de mi intento de suicidio, ese que solo existe en su cabeza.

Nada más pisar suelo parisino, mamá se muestra fascinada por los edificios, las panaderías, la vestimenta de la gente. Todo es bonito.

Dice, parada en medio de la calle.

Me repugna ver lo fácilmente que se deja corromper.

Festeja como una niña los escaparates, el aroma a pan y bollería, los buquinistas, los *bateaux mouches*, las lámparas y los jardines del palacio de Versalles, los bailarines de break, el estilo de los negros, el olor a dinero de los blancos. Acaricia los trajes y objetos militares de los *marché aux puces* como si pertenecieran a algún familiar que acaba de morir: cascos, balas, chaquetas, mochilas, cantimploras, botas.

Me gustaría saber si quienes llevaron esto mataron a algún nazi.

Dice.

Cerdos. Asquerosos cerdos de mierda.

Dice.

Mi padre resiste bebiendo solo cerveza. Le causa placer ver a mamá feliz, pero él no puede sentir felicidad, es incapaz. Nos sentamos una y otra vez a las mesas de las diminutas terrazas alegando sed. Aunque las consumiciones son muy caras, nosotras también estamos obligadas a tomar algo, tratando de representar que su sed es también la nuestra.

¿Estás contenta?

Me pregunta constantemente. Pero yo no soy tan fácil de comprar y, para que no se me note la fascinación que me ha generado París, camino unos metros más atrás. No me fío, ni de mi padre ni de mi madre.

En todos los restaurantes y bares donde hacemos una parada, mamá entra al baño. Quiere ver lo que se estila en Francia en cuestión de baños, y vuelve frustrada porque los que no están anticuados son demasiado austeros. En cualquier caso, la mayoría apestan.

Una letrina.

Dice encendiendo un pitillo.

Fumas demasiado.

Le dice papá.

Iremos a París dos o tres veces, siempre por sorpresa. Lo que ven alimentará de manera surrealista las conversaciones que tendrán posteriormente durante los cada vez más exiguos momentos de concordia, como si reproducir situaciones vividas los sacara de donde están: «como los escaparates de los Champs-Élysées», «como las patatas fritas de Hippopotamus», «como aquel camarero de Place d' Italie», dicen en los momentos más intrascendentes.

¿Te acuerdas?

Me dicen.

Y yo digo que no. Intento no recordarlo, no soy tan cobarde como para huir de donde estoy.

También iremos a Londres. Para mi madre y para mí es la primera vez que viajamos en avión. A pesar de que mi padre está achispado, mi madre no le ha castigado, muy al contrario: la emoción que le produce volar la ha apartado de cumplir su misión, dejando entrever una dejadez, sumisión y frivolidad escandalosas a mis ojos. En la entente empiezan a surgir grietas. Ahora siento la necesidad de enmudecer doblemente, en su nombre y en el mío.

Tras dejar la maleta en el hotel, mi padre no ha parado hasta llevarnos a Trafalgar Square. De joven estuvo medio año en Londres estudiando contabilidad e inglés, y cuenta que llevaba pantalones de campana y pelo largo.

Hasta aquí.

Dice, poniendo la mano a la altura de los hombros.

No para de hablar de esa plaza, desea mostrarnos el escenario donde alguna vez fue feliz sin nosotras, para que compartamos su recuerdo, y mamá se muestra ansiosa por descubrirla. Lo escucho hablar en nefasto inglés con el conductor del autobús. Al final, le ha tenido que señalar con gestos cuántos billetes necesita y cuál es el lugar al que queremos llegar.

La siguiente parada es Speakers' Corner. Nos lo ha vendido como símbolo de libertad:

Aquí cada uno puede hablar de lo que quiera, no hay nada que esté prohibido decir.

Vemos a una mujer soltando una arenga a los cuatro o cinco oyentes que tiene delante.

La contemplamos sin acercarnos demasiado. Cuando comienzo a desentrañar algo de su parlamento, mi padre dice:

Menuda loca, vámonos de aquí.

Luego nos compra un paquete de cacahuetes a cada una para que demos de comer a las ardillas del parque, y eso hacemos.

En Londres también examinan la cerámica de los restaurantes, bares y hoteles, allí todas las baldosas y azulejos les resultan novedosos. Sin embargo, determinan unánimemente que son de una calidad inferior a los que ellos venden.

Si se cuartean con la mirada.

Dice mamá.

Estamos en un pub. Aunque estoy acostumbrada a verlo borracho, hace tiempo que no lo veo beber. El efecto sedante que le produce ingerir cerveza es evidente. El miedo desaparece brevemente de sus ojos. A pesar de que ya de por sí es gigantesco, está hinchado por el alcohol. La alianza le aprieta el dedo, y mientras traen la siguiente jarra la gira como si estuviera aflojando un tornillo.

La ciudad me provoca tantos estímulos que mis emociones se vuelven incontrolables y he de esforzarme mucho, y muy duramente, para que nadie note que yo también estoy disfrutando.

Esto es una preciosidad, sencillamente una preciosidad.

Dice papá.

Ha empezado a hablar de un modo ampuloso, empleando conceptos cada vez más largos y más ajenos, palabras que, conociéndolo mejor que nadie, sé que no le pertenecen, imitando a alguien que no sé quién es, quizá solo sea una idea, la imagen del hombre que desearía ser; sin embargo, cada vez está más alejado de sus propias palabras y quizá también del hombre que desearía ser.

Pronunciará «verídico» donde convendría «verdad»; «vehículo» en vez de «coche»; dirá «insípido» en lugar de «soso», y «extraordinario» para referirse a algo bueno.

También por teléfono resulta cada vez más grandilocuente, dejando espacios demasiado largos entre las palabras, con una gravedad inoportuna. El registro es ligeramente más elevado que el necesario, como si el interlocutor fuera un extraño y lo fuera también la situación.

El-objeto-de-esta-llamada-es-el-de-acordar-una-cita-para-una-revisión-técnica-en-relación-al-vehículo-que-tengo-en-posesión.

Cuando habla con un contestador automático repite las frases, como si fuera el altavoz de un aeropuerto.

Llámame-tan-pronto-como-sea-posible, por-favor; llámame-tan-pronto-como-sea-posible.

Muchas veces, lo que cuenta viene corroborado por algún señor con nombre y apellido que normalmente no conocemos, y que casi siempre posee un cargo importante en su ámbito: «Me lo ha dicho Miguel Mari Petrikorena, el presidente del gremio de transportistas de Guipúzcoa», «Me lo ha asegurado José Ángel Urbieta, el presidente de los fabricantes de ascensores de Euskadi».

El desastre continúa hablando.

Apenas come, nunca tiene hambre. Pero cuida de las plantas que tiene en el balcón y estas siguen creciendo vigorosas.

Ha empezado a mojar el pantalón. Una mancha, antes de ir al baño.

Mira qué pinta traes, por favor.

Le riñe mi madre.

Después será más de una gota, se meará encima, y regresará a casa con la cazadora o el jersey atado a la cintura, balanceándose, para cambiarse y volver impoluto a su fiesta particular.

Mamá mete los pantalones en la lavadora poniendo los dedos en forma de pinza en la nariz. Las ventanas de casa permanecen abiertas, tanto en verano como en invierno.

No hay manera de frenarlo. Mamá encuentra botellas de champán en los archivadores A-Z que papá tiene debajo de la mesa. Al día siguiente, a las nueve de la mañana, ya falta una de ellas.

Ahora desayuna con champán, ¡ni que fuera una estrella de Hollywood!

Dice mamá.

Papá se excusa diciendo que él no tiene nada que ver, que no tiene ni idea de quién pone las botellas ahí.

¿Crees que soy idiota?, ¿acaso quieres que crea que también me he inventado el zepelín que llevas?

Responde mamá.

Papá chasquea la lengua. Medio segundo después, ronca dormido en el sillón.

Mamá me pregunta:

¿Estoy loca? Dime, por favor, que ves lo mismo que yo.

Llevo meses barruntándolo y la frase me ha salido como si fuera pus:

Quiero que os divorciéis.

¡Ja!

Dice mamá.

¡Ja, ja y ja! ¿Acaso crees que yo no? ¡Qué lista la niña!

Como mi voto de silencio me impide mantener conversaciones, o fomentarlas, me quedo a la espera de una explicación más larga.

¿Acaso te apetece salir a la calle y encontrarte a tu padre durmiendo en una plaza entre cartones con sus amigotes los vagabundos?, ¿o mendigando debajo de un puente?, ¿acaso quieres eso?, ¿acaso crees que quiero eso para ti?

Entonces es por mí.

He rumiado.

Al instante, también mamá cae dormida en el sofá. Las colillas del cenicero sobresalen de entre las cenizas como árboles sobrevivientes de un incendio.

Sigo sin hablar. La lectura es el río que suaviza mis aristas. Continúo a la espera de la palabra, la palabra precisa que ayudará a sacar la esquirla. A veces lo consigo. El dolor se aleja, pero permanecen el recuerdo y el rencor.

Papá entra en la cocina, vestido de domingo para ir a pescar. Saca la carnada del frigorífico. Está en una mugrienta caja de cartón. La abre delante de mí para que me estremezca al ver las lombrices, pero no consigue quebrar mi mutismo.

Me explica cómo reaccionar si alguna vez se me clava un anzuelo en la carne.

Nunca hay que tirar hacia atrás.

Dice.

Quizá te parezca el camino más rápido, pero no lo es, porque el gancho del anzuelo desgarraría la carne.

Dice.

Hay que elegir el camino más largo, dar la vuelta entera al anzuelo y solo entonces liberarlo.

Me envían a Londres durante un mes. Mamá quiere que aprenda inglés para parecerme lo menos posible a ella. No sé si quiero ir, pero es una manera de no estar aquí. Tengo quince años.

Estoy en casa de dos ancianas octogenarias, en Crystal Palace, al sur de la ciudad. Nunca hasta ahora había bebido té, pero aquí no hay otra cosa. En la superficie aparece una membrana fina de no sé qué, porque no limpian con jabón ni las tazas ni la tetera. No entiendo lo que dicen, y ellas no entienden lo que les digo. Por las mañanas recibo lecciones de inglés. Por las tardes voy al centro con la gente que he conocido en clase. Vemos *The Rocky Horror Picture Show*, también asisto a un concierto de Madness, pero no consigo disfrutar tanto como la gente que me rodea.

Al anochecer, de vuelta a casa, entro a un cajero para sacar dinero. No me percato de la presencia de alguien que está acostado en un rincón. Cuando me giro ya está delante de la puerta, con los brazos abiertos. Es grande y corpulento, un hombre joven de raza negra, que viste una camiseta demasiado pequeña por la que le asoma la barriga. Se me echa encima. Me sujeta de los brazos con poca convicción. Forcejeamos unos instantes y al final consigo zafarme, pero me llevo la huella de sus uñas en la piel. En el autobús necesito palpar mi cuerpo para asegurarme de que soy yo la que está dentro.

El día de mi vuelta de Londres, mientras tengo la mirada fija en la ventana de casa, a mi cuerpo le pasa algo que no comprendo: no soy yo la que habita esa cáscara. Miro mis manos, toco mi cara, empujo los ojos hacia dentro. Deduzco que soy yo, pero yo he dejado de ser yo, por lo que la deducción carece de sentido. No entiendo lo que pienso. Llego como puedo hasta el portal. Por el interfono le digo a mamá que no estoy bien.

¿Te has drogado?

Dice en cuanto me ve.

En el ambulatorio me inyectan Valium. Poco a poco mis pensamientos y mis sensaciones vuelven a encontrar un lugar en el interior de mi piel, son piezas de un rompecabezas que al encajar hacen clic.

Mamá está más asustada que yo.

Quiere nombrar lo que me pasa, y la descubro más de una vez espiando por la puerta del baño por si vomito, o entrando al baño en busca de salpicaduras. Nadie se fía de nadie, es una patología familiar.

La disonancia se prolongará durante un año. He perdido el control de mi cuerpo, y las escasas veces que lo recupero, lo vuelvo a soltar, asustada. No reconozco a la persona que vive dentro de mí. En clase no puedo escribir, me parece que trasladar a la escritura lo que viene de mi interior es pura brujería. En cuanto pongo el bolígrafo sobre el papel, mi mano tiembla. Creo que he enloquecido.

En la escuela me permiten asistir como oyente y me eximen de hacer exámenes, porque escribo como un borracho.

Nada sucede una sola vez.

Me he atrevido a contarle lo que estoy pasando al médico que trata mi otitis crónica.

Cuando menos lo espero me veo dentro de una maqueta, atrapada en la calle, en la casa o en el bar donde estoy en ese momento, rodeada de objetos hechos con aglomerado o cartón piedra, también de guiñoles.

Digo.

¿Y cómo te ves a ti misma dentro de la maqueta?

Pregunta mientras explora el interior de mi oído.

Creo que no estoy en la maqueta. La observo desde arriba.

Entonces ¿eres Dios?

Dios y su propia creación al mismo tiempo.

Sonríe y dice que sufro de hiperconsciencia, que no es grave.

Quiero decirle que todo es mentira, que sé que todo es parte de una obra teatral, que sé que él también lo sabe, pero no lo hago, porque sé que supondría romper el pacto de los que aún están en sus cabales.

Estoy en casa de mis padres y me despierto en medio de una batalla. Está dentro de mí y quiere salir, me agarro con fuerza al colchón, hace que dé botes en la cama, sin poder gritar, me tira de la lengua desde dentro. Jadeante y empapada en sudor, oigo las membranas y los cartílagos partirse, un ruido viscoso que proviene de mis entrañas, unos leves pinchazos al principio y golpes secos después, quiere salir empujando con algo que por su dureza podrían ser los codos, cueste lo que cueste, quiere quebrar mi abdomen y yo intento impedirlo, pero esta cosa está dispuesta a partirme en dos. He resistido hasta el amanecer. Luego me he rendido, doblegada por el cansancio. El monstruo también se ha calmado. Observo a la altura de mi vientre una especie de nube oscura formada por filamentos de cabello, hollín, uñas y cenizas con olor a metal. Orbita sobre mí. Solo es suciedad, pero está tan ordenada que resulta hermosa. Cuando intento tocarla, se cierra sobre sí misma. Estoy empapada. Enciendo la luz y registro todos los rincones. Estoy sola en la habitación. Tengo moretones en los brazos y en las muñecas, arañazos en la espalda. Creo que he parido hacia dentro.

Mamá se acuerda de una clienta catequista que, según parece, va de casa en casa enseñando técnicas de relajación a personas que tienen «depresiones y cosas de esas».

Tengo oído que pasa el cepillo en misa, debe de ser muy creyente.

Dice.

Y pone el dedo índice en la sien mientras lo gira a ambos lados.

Pero no es mala persona, aunque sea una santurrona.

La desesperación hace que acepte la ayuda. Viene por las tardes, estamos solas en el sofá. Es una mujer mayor de ojos azules, que viste ropas coloridas.

Se sienta a mi lado y me pide permiso para tocarme la cara. No me apetece, pero se lo doy. Pone sus manos sobre mis mejillas y lloro como hacía tiempo que no lloraba. Me dice que cierre los ojos, pero no quiero, tengo demasiado miedo, quiero permanecer al acecho, por si las moscas. Acordamos hacerlo con los ojos abiertos. Me explica cómo respirar, pero al minuto le ruego que paremos, no soporto escuchar mi propia respiración, me parece la de otra persona. Estoy poseída, pero no sé por quién.

Acude todos los días, con su olor a guisado en la ropa y a ajo en las manos, con su fe monjil.

La próxima semana me será imposible venir, he de ir a Lourdes.

Dice en un tono demasiado dulce.

A la vuelta, me regala una imagen de la virgen que cuelga de un cordón azul. Entrelaza las manos despacio entre sus pechos.

Le pregunto qué ha visto. Querría que me contara, como lo hiciera de niña una amiga, que había familias que tenían pies y manos de cerdo, siameses que compartían el corazón y el estómago, niños sin párpados condenados a una vigilia permanente.

Amor.

Dice.

Mucho amor.

Me produce desconfianza comprobar que está tan alejada del lado oscuro de las cosas. Me avergüenza estar en sus manos, pero no tengo nada mejor.

Creo que a veces olfatea mi cabeza. Comienza así las sesiones.

Me cuesta permanecer sentada en el sofá, no consigo estar quieta dentro de mí misma. La mujer pretende que aprenda a respirar a través de la piel y me ha prometido que alguna vez llegaré a conseguirlo. Comienza con el cuero cabelludo, sigue con los párpados, orejas, cuello… hasta la punta de los pies. Me aferro a su fe, ya que yo carezco de ella.

E inesperadamente llega el día, justo en el instante en que ella posa sus manos en mis mejillas. Lo he conseguido. Vuelvo a poder vivir en este cuerpo mío, respirando por mí misma, aunque no sepa por cuánto tiempo.

Tengo novio. Es alegre y guapo, pero no me desea. Nos hemos escondido en un bar cuando la manifestación ha terminado. Los disturbios estimulan nuestras emociones, nos transforman, son la chispa que nos falta. Quitan la música. Bajan las persianas hasta la mitad. Fumamos un cigarrillo a medias. El azul de las sirenas hace que me sienta enamorada, no hay azul más hermoso que el de esa luz al anochecer. Salimos en fila por la puerta trasera. Vamos pegados a la pared, como si lloviera; miramos hacia delante con firmeza, pero sin la rigidez del culpable, caminamos deprisa, pero lo suficientemente despacio como para disimular que estamos huyendo. Frente a la panadería Lekuona vemos una furgoneta policial atravesada en la calle y un grupo de personas en semicírculo observando la escena: en medio, un cuerpo ardiendo, agitado por los espasmos, y un casco de color rojo derritiéndose a su lado. Al oír las sirenas, corremos al único bar que encontramos abierto. La televisión está encendida pero sin volumen. En ella vemos las imágenes de los restos de Lasa y Zabala, que llegan a Hondarribia. Dos coches fúnebres, gente que grita, la policía golpeándolos, un hombre tirado en un paso de cebra. Puedo sentir en la sangre la violencia, su veneno y su antídoto al mismo tiempo.

Cuando llego a casa, encuentro a mi padre en el sillón. Tiene restos de sangre en la frente, un ojo amoratado y el pantalón rasgado a la altura de la rodilla. Me habla por debajo de los cubitos de hielo envueltos en un pañuelo, mirando hacia arriba.

La paliza que me han dado esos hijos de puta.

Parece ser que los ertzainas le han pegado.

Dice mamá.

«Parece ser» no, me han pegado. Hijos de puta. Fascistas. ¡No los enterrarán en cal viva, no!

Grita.

Aunque sé que es mentira, aunque solo sea por un segundo, me gusta creer que ha sido la policía. Por un instante me regodeo imaginando a mi padre en una manifestación, gritando a la policía, utilizando la violencia en contra de alguien que no sea él.

Tengo otro novio. Es bobo pero guapo. Lo he presentado en casa y a veces dormimos allí los fines de semana, ya que él vive lejos, en Ascain. Su padre también es alcohólico, pero ni de lejos tanto como el mío. Mamá agasaja al nuevo yerno, que es rubio, de ojos azules y alto, y además su lengua materna es el francés, y eso a sus ojos es como ser extranjero. Cuando se dirige a él repite las frases, fragmenta el sintagma y coloca el demostrativo al comienzo:

¿Has probado esto alguna vez? Prueba, esto. ¿Esto, lo has probado alguna vez?

Dice ofreciéndole sus croquetas.

Mi novio le responde en un castellano perfecto las de qué bar de Donostia son las que más le gustan.

Tiene cinco años más que yo. Trabaja en un almacén de Quiksilver, y también hace danza contemporánea. Estoy loca por él, a pesar de que al lado de un ser tan bello y esbelto me siento torpe y andrajosa, o quizá por eso mismo. Me humilla sutilmente, porque, dice, me estoy poniendo flácida, porque algo no me queda bien o porque bailo con poca gracia, pero creo que me da igual, porque soy más lista que él y puedo parar el ataque con la palabra «humillación», porque las cosas, una vez nombradas, pasan a otro estadio, aunque ese estadio no sea siempre mejor que el anterior. Como estoy educada en la desconfianza hacia los hombres, tampoco le pido mucho al amor, hay que ser idiota para poner todos los huevos de la cesta en ese negocio. Durante la semana, a veces, quedo con otro chico que he conocido en el autobús de la universidad. Intercambiamos libros y películas como en una partida de cromos: Gioconda Belli a cambio de Brendan Behan, Julio Cortázar a cambio de Gilles Perrault, Marguerite Duras a cambio de Joxe Azurmendi, *À bout de souffle* por *Drácula* y *Malcolm X* por *Do the Right Thing*. Hablamos a través de los títulos sobre cosas que de otra manera no sabríamos nombrar, configurando un mundo al que nadie más tiene acceso; embellecemos y crecemos a través de las creaciones de otros, como si poder admirarlos nos hiciera más hermosos también a nosotros. Es la primera persona que conozco que siente la misma fascinación que yo por las palabras. Con él no estoy sola.

¿Crees que se puede ser de ETA y vegetariano al mismo tiempo?

Digo.

La pregunta es: ¿Se debería poder ser de ETA *sin* ser vegetariano?

Dice.

Nos enredamos en cuestiones irrelevantes como si realmente nos importaran, sublimando otra discusión en la que estamos en la cama e intentamos decidir quién se pone encima y quién debajo.

Nos provocamos mutuamente, cada vez con más descaro. Él acaba de estrenarse como profesor en la facultad de Periodismo y pretende escribir una tesis sobre el monopolio de la violencia. No me fío del todo de su piel, tampoco de la contundencia de sus opiniones, pero le saco el provecho que puedo. Nunca antes me había deseado nadie con tal intensidad. Me da miedo cuánto me desea, tan locamente, y de pronto me encuentro sometida al efecto que causo en él.

Quiere ir al concierto de The Black Crowes. Le he propuesto que nos acompañe a mí y a mi novio, porque ya tengo las entradas compradas. Será la primera y la última vez que los vea juntos. Hemos partido de Ascain en su Fiat Panda y lo hemos recogido en Irún. Mi novio le extiende la mano desde la ventana, tiene clase.

¿El profesor?

Dice socarrón.

El otro le responde con torpeza, se le ve incómodo.

Se sienta detrás, con las piernas bien juntas. Lo observo desde el espejo, él no me mira, saca un libro del macuto. Mi novio nunca ha leído un libro. Alargo el brazo y le pido que me lo deje. Es de Isaiah Berlin: «El zorro sabe muchas cosas; el erizo solo una, pero importante». Le pregunto si él es zorro o erizo. Mirándome por el espejo, responde que él solo es un burro. Ha resultado: he puesto nuestro circuito cerrado de miradas en marcha, pero mi novio se ha dado cuenta.

He de hacer una pequeña parada en Rentería, porque me he dejado las entradas en casa de mis padres. Aparcamos frente al portal. Salimos los tres del coche. El profesor y yo nos abrazamos teatralmente. Hasta que no siento su miembro no estoy tranquila. Mientras tanto, mi espigado novio recoge su melena rubia y, con el pitillo colgando de los labios, hace estiramientos al lado del coche: brazos, piernas, cintura, cuello…, utilizando su belleza inquietante para intimidar al otro. Es un Dios narcisista, un ángel del lumpen con las alas llenas de hollín, un ser mitológico con rostro de mujer y cuerpo de caballo, y duerme conmigo. El profesor se sienta en el capó y finge leer. Les digo que bajo ahora mismo, excitada por el placer sádico de dejarlos solos. Por cada peldaño que subo, bajo otro en mi interior. Abro la puerta. Están en la sala. Me quedo en el umbral durante unos segundos. Mamá está en bata, cuando me oye llegar se la acomoda para que no vea su ropa interior.

Qué alta está la tele.

Digo.

Es que con los ronquidos no oigo.

Dice.

Papá, que está dormido en la butaca, abre un ojo cuando me oye, me mira pero no me ve, y sigue durmiendo.

No te imaginas la toña que ha traído hoy, de récord Guinness.

Ya.

Me he puesto rígida y fea, me he retraído como una matrioska infinita, consciente de que será difícil volver a la superficie.

¿Adónde vas?

A un concierto. Volveré el lunes. He venido a por las entradas.

Mientras estoy en el baño pintándome los ojos, oigo el timbre. Al timbre le sigue el ruido de los pasos blandos y descalzos de mamá, que recorre el pasillo y abre la puerta.

Qué sorpresa, dichosos los ojos.

Dice.

Hemos subido a saludar.

También el otro está ahí, puedo sentirlo. Quiero saltar por la ventana. Cortarme las venas. Tragarme el botiquín. Y sin embargo: echo una nube de perfume al aire y, representando una crucifixión, espero a que me impregne la piel.

¿Tú también quieres café?

Me pregunta mamá a gritos.

No, nos vamos.

Recorro el pasillo con miedo a lo que voy a encontrarme en la sala. Los chicos están sentados en un extremo del sofá, dejando el sitio de mamá libre. Me quedo de pie observando mi propia violación. Los timbales senegaleses de las estanterías empiezan a sonar, el látigo comienza a azotar el aire, las máscaras ríen histriónicamente, el camarero vampiro con chaleco y pajarita que se esconde detrás de la barra desde mi niñez sale con una bandeja llena de whisky y cubitos de hielo, con los colmillos ensangrentados.

Bienvenidos al museo de los horrores.

Dice.

¿Queréis azúcar?

Grita mi madre desde la cocina. Papá gira un ojo hacia el sofá. Mira a los chicos hasta que consigue enfocarlos. Se incorpora en el sillón.

Todavía está borracho, pero consigue levantarse, aunque penosamente. Se pone delante de ellos y les tiende la mano. Luego les indica que le hagan un hueco. Es una estampa grotesca. Mamá y yo nos quedamos de pie mientras él mira la tele, que no ve, y tapa el labio superior con el labio inferior en una mueca infantil. El novio dirige una mirada burlona al profesor. Se está divirtiendo con mi devaluación.

Bajar las escaleras de casa no me alivia.

Nadie en el coche menciona el asunto. Estoy hecha añicos. Cuando recupero un poco de valor busco al otro en el retrovisor, pero se ha producido un cortocircuito. Aunque nuestras miradas se han encontrado, ya no soy la misma que miraba y tampoco él ve lo que antes veía. No puedo soportarlo.

En el concierto los dos se emborrachan como viejos camaradas.

Llegan los ingresos. Uno de ellos le genera una septicemia. Nos dicen que corre riesgo de morir. Quiero que muera, pero no lo hace.

No puede beber más, tiene cirrosis.

Le dice el médico a mamá.

Nos avergonzamos como si fuéramos nosotras las borrachas.

Evoluciona favorablemente y recibe la visita de una psiquiatra que le receta medicamentos. Le tiemblan mucho las manos. Le dan el alta.

Por las mañanas apenas es capaz de sostener el vaso de agua sin derramar alguna gota.

Mamá en el baño, observando a contraluz uno de los botes de pastillas.

No se las está tomando.

Dice.

Maldito animal.

Sentencia antes de lavarse los dientes.

Está en la cama, aullando. A veces parece una mujer pariendo, otras veces un recién nacido sollozando. Se dirige a mi madre en una lengua inventada. Miro desde el resquicio de la puerta la cama matrimonial blanca iluminada por el sol, y mi padre es un gran pez atrapado en ella, recién salido de las profundidades, luchando por respirar, dando coletazos en el aire.

Ababa be. Ababa be. Uuuu. Ababa uju glub.

No sé qué quiere decir.

Dice mamá.

Hace una bola con las sábanas.

Tócalas.

Dice.

Pero me dan asco.

Están empapadas.

Dice.

Que está sudando ríos. Que el corazón se le ha desbocado. Que no puede estarse quieto. Que patalea y se resiste. Que apenas puede cambiarle las sábanas.

Tendremos que cambiar también el colchón.

Pasa días y días así. Mi madre cierra la puerta, que hasta entonces siempre había permanecido abierta. Ella duerme en el sofá.

A ver esta vez.

Dice mamá.

Ababa be. Uuu. Barbarbar ababa be. Uuuu. Ab ab aba.

Cuando pronuncia palabras comprensibles, comienza a fabular. No es fácil diferenciar ficción y realidad.

Lo han ingresado en una clínica de Pamplona. Es muy cara. Mamá lo acompaña. Le han advertido que tendrá que permanecer allí durante semanas. Me cuesta escribir sobre mi propia vida utilizando la primera persona, pero hay cosas que solo llego a comprender a través de la escritura.

No quiero ir a visitarlo.

En la clínica ha sufrido un ataque. Al caerse de la cama se ha roto un brazo y parece ser que está lleno de cables. No quiero verlo, a pesar de que la víspera del ingreso, por la noche, en vela, me prometo que, si no se cura, aprenderé a querer a un borracho.

Voy a verlo. Espero encontrarlo embobado, pero está lúcido.

Creo que tengo déficit de magnesio y que a causa de ello me emborracho con dos o tres vasos de vino.

Dice.

Querrás decir con tres o cuatro litros.

Pienso.

Es una habitación fea. Le he llevado un libro de Ken Follett, un par de periódicos y la revista *Muy Interesante*. Ningún rastro de emoción en nuestra conversación. Luego ha venido la enfermera.

Esta es mi hija.

Ha dicho.

Voy al baño, como suelo hacer en esas ocasiones, a comprobar en el espejo si realmente sigo ahí.

Vive en Tafalla. Trabaja allí.

Oigo que le dice a la enfermera.

Tafalla está cubierta por la nieve. Desde la ventana de mi habitación he visto los copos cubrir hasta arriba el árbol que está debajo de casa. No me gusta vivir aquí, las calles huelen a carne. Los oriundos no se dan cuenta, se ríen de mí cuando me quejo. Es por culpa de una carnicería que está cerca de mi casa. Es un olor dulzón que, si dejas que penetre en ti, estás perdida: no podrás quitarte de encima la sensación de ser tú también un cuerpo en descomposición. Hasta ahora, solo la nieve ha conseguido mitigar el olor.

Iré a visitar a papá todas las semanas. Visitas breves, administrativas. No sé estar a su lado, y menos hablar con él. Intento ser todo lo normal que puedo ser estando con él. Le he llevado *La orquesta roja* de Gilles Perrault. Nunca habría imaginado que acabaría suministrándole libros. Ha acabado el de Ken Follett. Nunca antes lo había visto leer un libro.

Está bien.

Me dice al devolvérmelo.

Me pregunto qué es lo que ve cada vez que despierta de cada Gran Borrachera. No fue hasta que dejó de beber cuando Marguerite Duras comprendió realmente que su hermano y su madre habían fallecido, aunque hubieran pasado años de aquello. Me pregunto si papá habrá comprendido algo que se negaba a comprender; lástima que no seamos capaces de comunicarnos.

De vuelta a casa, caen sobre el parabrisas los mayores copos de nieve que jamás haya visto. He parado el coche y me he quedado mirando hasta que ha aparecido la policía foral.

Nueva visita a la clínica. Al entrar en la habitación veo junto a mi padre a un señor al que no conozco. Papá me dice que es un amigo suyo.

¿No hay enfermeras guapas?

Pregunta.

Sí que las hay.

Responde papá.

Tal vez es por el bromuro, pero esto no funciona...

Levanta uno de los brazos que reposaba sobre la cama, con el puño cerrado.

Me cuesta entenderlo, y cuando lo hago siento vergüenza.

Tengo veintiséis años, y esta es la primera vez que oigo a papá hacer un comentario sexual. No sé cuál es mi padre auténtico, si este o aquel.

Ha resistido dos meses en el dique seco. Cuando vuelve a beber, mamá arrastra la bicicleta estática desde la habitación hasta el descansillo.

Llévate esto de aquí.

Le dice a mi padre, cuando despierta de dormir la mona.

Ahora, cuando abre los ojos, antes de abandonar del todo el mundo de los dormidos, habla en un idioma compuesto de gárgaras:

Ababa. Ababan uuuu... Bebe ujiujiuji. Ababa. Glubglu.

Lo olvida todo. Lo mezcla todo.

No puede fabricar nuevos recuerdos.

Ha dicho el médico.

[Llamada de teléfono]:
¿Dónde estás?
Pregunta mamá.
No sé.
Es tarde.
Aquí también.

Ya no vivo allí, pero sigo perteneciendo a aquel lugar. A veces voy a comer. Papá ya no tiene hambre, así que picotea de la cazuela sin ni siquiera sentarse a la mesa, se limpia los labios con el dorso de la mano y se va a la sala. Estira los brazos hacia delante y arrastra los pies para evitar balancearse. Apuntala su interpretación diciendo que le duelen la espalda y los pies. Acabo de comer y yo también voy a la sala, mientras dejo a mamá lavando los platos. Está tirado en el sillón, duerme con los ojos entreabiertos. Al tenerlos saltones, se aprecian todos los movimientos de los globos oculares. Hago un pequeño ruido y gira uno de los ojos hacia mí, como si se tratase de un periscopio. Se despierta sobresaltado, siempre lo hace. Emite sus gargarismos sin moverse del sitio. Le ayudan a espabilarse ligeramente. Ha notado que estoy en el sofá.
¿Qué?
Pregunta, como si le hubiera regañado.
Nada.
Me he defendido, como si me hubiera reprochado algo.
Papá.
Digo, y en cuanto lo hago se muestra atento y vivo, pero es solo una ilusión pasajera. Un simple pestañeo lo convierte en un suflé echado a perder.
Estoy haciendo un trabajo.
Sigo.
Saco un cuaderno. Dentro tengo unas fotos junto a unas notas escritas de mi puño y letra. No me atrevo a confesarle que las fotos llevan conmigo meses, que las arranqué del álbum de casa sin pedir permiso y que desde entonces las miro

a menudo, que el trabajo solo es una excusa para saber más sobre él o que me importa cuál es su origen, ni que le concedo que tenga un pasado quizá traumático, ni siquiera que descifrar lo sucedido entre el chico serio de las fotos que fue y el borracho en el que se ha convertido me resulta imprescindible para ordenar el desorden que es mi vida.

Como me da vergüenza hablar con él, y además me avergüenza pensar que también él va a avergonzarse, me concentraré únicamente en la transacción. He de demostrarle con el cuerpo que soy yo quien tiene el mando: no me interesa su existencia, ni la pasada ni la presente, pero, ya que necesito la información para un trabajo (el trabajo os hará libres), he venido a pedirle el favor.

¿Qué trabajo?

Se ha sorprendido al ver las fotos que tengo en las manos.

Un trabajo periodístico sobre la comarca.

Se ha levantado del sillón y se ha sentado a mi lado.

He colocado las fotos en mitad del sofá, entre los dos.

Huele a hígado.

Soy una simple documentalista que le señala las fotos con el bolígrafo y recoge el testimonio en el cuaderno. No sé si seré capaz de llegar al final, estoy muy nerviosa.

[0#, una foto sepia de tamaño reducido; un cochecito infantil con capota sobre el césped, con un neceser de forma cilíndrica que cuelga de la empuñadura; en su interior, sentado, un niño. Otros dos niños muy parecidos a este sentados sobre la hierba; es el mismo niño expuesto tres veces en el mismo fotograma].

Yo soy uno de esos tres, no sé exactamente cuál.

[1#, una foto en blanco y negro: papá en el monte al lado de una valla de alambre de espino, agarrado al alambre con las dos manos; alpargatas con lazadas, pantalón corto y blusa sin cuello, dos hoyuelos a ambos lados del rostro que ni siquiera sabía que tuviera].

Aquí tengo más o menos cuatro años, es en Oiartzun. Todavía sabía euskera. De niños hablábamos euskera. No sabes tú cómo hablaba euskera, todavía no sabía castellano.

[2#, una pequeña foto rectangular en blanco y negro, con los bordes dentados. Trece niños con pantalones cortos, agarrados unos a otros por los hombros, formando una punta de flecha: papá es el tercero].

En Bermeo, con los compañeros de clase, siete años. Ya no sé euskera. No tengo muchos recuerdos, solo que éramos unos cabrones, eso sí.

[3#, una pequeña foto rectangular en blanco y negro, con los bordes dentados gastados por el tiempo: un retrato familiar en el campo; mi abuela lleva alpargatas y un vestido; el abuelo, una camisa blanca abierta hasta el pecho; sobre la hierba, un mantel con alimentos que no llego a discernir y un porrón relleno hasta la mitad; reconozco por el ceño a papá, que está apartado de sus hermanos y mira a cámara].

No recuerdo esta foto.

La escruta de cerca. Los globos oculares se le mueven escandalosamente, como a una iguana. No muestra ninguna emoción. Me asalta el recuerdo de cuando me encargaron entrevistar a Inaxito Albisu para la revista local. Entonces era un señor casi octogenario, de vestimenta elegante y modales excéntricos. Me dijeron que era él quien había creado uno de los primeros grupos, si no el primero, de Alcohólicos Anónimos del Estado, en Rentería precisamente. Nos reunimos en el bar Paraíso, en una mesa corrida de madera. Antes de que hubiera encendido la grabadora me contó que una vez había hablado con mi padre. Desconocía que supieras quién era mi padre, dije, mientras la vergüenza me recorría la piel, ya que descubrí que haber hablado con él significaba haber hablado *sobre eso* con él. Me dijo que papá le había confesado que la primera bebida alcohólica que probó fue la sidra, un día en el campo, de mano de sus padres. Me dijo que era muy tímido y que había empezado a beber porque el alcohol le ayudaba a soltar la lengua.

No había empezado a beber para soltar la lengua, ¡sino porque se la habían cortado!

Dijo Albisu, levantando el dedo a modo de advertencia.

¿Acaso crees que perder tu propia lengua te deja ileso?

Papá sigue mirando la foto:

No recuerdo nada.

[4#, una foto agrietada, en blanco y negro: un grupo de adolescentes ante un edificio de aspecto palaciego].

En Ribabellosa, durante las colonias: tengo mal recuerdo, nos quejábamos a nuestros padres del trato que nos daban, pero las monjas nos rompían las cartas. Nos hacían beber bromuro en el desayuno, para que no nos masturbáramos. Ni siquiera nos dejaban leer tebeos después de la comida: siesta y vía crucis. Al llegar a casa les conté a mis padres lo que nos hacían las monjas, pero no me creyeron.

[5#, una foto cuadrada en blanco y negro: papá con el pelo largo, dentro de una cabina telefónica, con una sonrisa pícara].

Londres, fui con dieciséis años por recomendación de un profesor, durante siete meses y medio. Vivía en un piso compartido con otros alumnos del Kensington School College, justamente en la calle Kensington High. Tengo unos recuerdos cojonudos.

[6#, una pequeña foto rectangular en blanco y negro: cinco jóvenes sonrientes apoyados en un Mini blanco con matrícula 97596, mirando a cámara; tres de ellos están disfrazados de náufragos, con pantalones recortados hasta la rodilla que acaban en flecos; papá es uno de ellos. El número de móvil de mi padre acaba en esos cinco números, pero evito decírselo, porque no creemos en la magia. Está prohibido creer en ningún tipo de brujería en cualquiera de sus formas, incluida la Cábala].

Éramos unos gamberros. Qué bien lo pasábamos. ¡Menudos gamberros éramos!

[7#, foto vertical en color: papá vestido de caqui, por el brillo de sus ojos parece que esté achispado].

La mili. Estuve en gastadores. Eran todos fachas menos uno. Robó la ikurriña del museo de la legión, y todavía debe de estar en algún museo navarro. Tengo un recuerdo horrible de aquellos días, horrible.

[Parece que el simple recuerdo haga que se retuerza de dolor, y yo siento vergüenza, pues me parece que no podía ser para tanto, no al menos para alguien de aquella época].

Ya no quedan fotografías por rememorar, solo el patrón repetitivo de la tela del sofá entre ambos. Tampoco es que las fotos hayan dado mucho juego. Voy a hacerle una pregunta importante:
¿Y cómo eras de niño?
Un niño, nada más.
¿Cómo te llevabas con tus hermanos?
Con el que mejor, con Josi. A Francis le ayudaba en lo referente a los deberes, era un caso.
[«En lo referente a». Eleva el registro cada vez que alarga la frase, como si fuera otra persona hablando a alguien que no soy yo y en un lugar distinto a este].
Con la tía Lourdes bien, con Jesús también. Con mis padres también bien.
[No me va a dar nada].
Cuéntame tu mejor recuerdo o el que guardes con más cariño.
Yo diría que los mejores recuerdos pertenecen al día de la boda o, para ser más precisos [«para ser más precisos»], a las bodas de plata, cuando tu madre y yo viajamos a Sicilia.
[Sorpresa. Dolor. No quiero saber qué es lo que le hizo tan feliz, no quiero saber de nada que lo hiciera más feliz que mi nacimiento. No escucho nada más, estoy demasiado ocupada intentando no levantarme del sofá].

Conocí a tu madre en una discoteca de San Sebastián. Yo llevaba una cazadora beige y una corbata azul. Tu madre tenía una larga melena rubia, para mí era la más guapa del pueblo. La quise sacar a bailar, pero se negó. Me senté y santas pascuas. Pero luego fue ella la que vino para sacarme a mí. Yo tenía quince años y ella dieciséis. Desde entonces anduvimos de novios y luego nos casamos.

¿Qué sentiste cuando supiste que ella estaba embarazada de mí?

[Un trabajo muy fino, doctora Rodríguez, no se ha notado nada; no se ha notado que el sujeto y el objeto de la investigación son una misma persona].

Mucha alegría. Y con tu nacimiento también.

[Una parvada de pollos en mi garganta, sienten que se acerca la gallina y comienzan a piar pidiendo lombrices; cuando se sacian, dejan de quejarse].

Empecé a trabajar con quince años, mientras tomaba clases de contabilidad y mecanografía en Pasajes. Pasé bastantes años estudiando y trabajando a la vez sin cobrar ni un céntimo a cambio, con el abuelo de patrón. Era un trabajo duro, por eso tengo el cuerpo como lo tengo. Descargaba camiones enteros a pulso, y también hacía la cal a mano.

[…]

En un horno de cal, que venía a ser un agujero en el monte donde ponía las piedras al fuego para cocerlas. Lo hacía todo yo solo.

[…]

Luego echaba agua sobre la cal viva, hasta deshacer las piedras y convertirlas en polvo; así es como se hace.

¿Para qué es eso?

[Interés comedido].

Sobre todo para hacer mortero, pero también para la huerta; todos los agricultores de la comarca venían a comprar, todos.

[Le enorgullece hablar de su vínculo con los agricultores, como si a través de ese entendimiento se reconciliara con parte de lo perdido].

¿Ya está?

Le respondo que sí. Se levanta pesadamente del sofá, ya sin coartada para permanecer a mi lado.

Después de lavarse los dientes, lo oigo perfumarse. Cuando acude a mí en busca de un beso, le ofrezco la parte alta de mi mejilla. Casi parecemos normales.

Por la mañana, Mari Luz Esteban y yo hemos leído fragmentos de nuestros libros en un acto literario de la universidad, ante unas veinticinco personas.

Por la tarde estoy en la sede de Alcohólicos Anónimos en San Sebastián. También aquí somos unos veinticinco.

¿Soy la única nueva?

Todos hemos sido nuevos alguna vez, nena, estate tranquila.

Creen que soy una de ellos. Me avergüenzo, y por eso debo disipar cualquier duda con la mirada, con los gestos y con un registro verbal preciso y bien pronunciado.

Es por un familiar.

Digo.

Me invitan a sentarme. Es un piso viejo, quizá la donación de algún borracho que no dejó herederos. Como somos demasiados para ponernos en un círculo, nos colocamos desordenadamente, de una manera que me irrita. Algunos mueven los dedos de los pies arriba y abajo dentro de sus zapatos, que, sin excepción, son todos feos. Están deteriorados, también los responsables del grupo, porque el deterioro es contagioso.

Una mujer con aspecto de ama de casa lee un texto al que se refieren como «literatura». Creo haber oído mal. Un tipo al que no quisiera tener al lado en un largo viaje en tren ha traído una cafetera llena de café. Me sirvo una taza con la esperanza de poder esconderme tras el vapor, pero está templado. Un señor llamado Joaquín cuenta su historia mirándome fijamente. Lleva dos meses sin probar un solo trago.

Quiero gritarle que por qué me mira a mí, que no es justo, que hay veinticinco personas en la habitación, que no me mire solo *a mí*.

Estos ya lo saben, pero tú no: la parienta me hizo la maleta. Me hizo pedazos, literalmente.

Dice.

Una metáfora no puede ser *literal*, digo para mis adentros.

Ahora vivo en casa de mis padres. Cada día es un infierno. Cada día. Me despierto, y pienso: «¡Todavía me queda todo el día!». Creés que no vas a conseguirlo, pero mírame, aquí estoy, dos meses después, literalmente.

Hacen una ronda en la que me invitan a participar. No lo hago, pero deseo con todas mis fuerzas que los demás lo sigan haciendo. Mientras les oigo hablar me voy ablandando y durante un instante siento que les quiero, siento que quiero decirles que les quiero, que quiero declararles mi amor de una manera épica y sensible. Miro al suelo. Hacía años que no me ponía estos zapatos, no son los más bonitos que tengo, además están viejos, no sé por qué los he elegido. Muevo los dedos. Mi felicidad cabe en la desgastada puntera.

[Llamada de teléfono].
Ven.
¿Dónde estás?
En la tienda.
¿Qué haces ahí?
Ven. Estoy en el suelo.
¿Como un sapo?
Como un sapo.

10 de julio de 2019
Me he roto el peroné.

12 de julio de 2019

Lander está en Londres por trabajo, de allí viajará a Polonia, y yo he decidido ir con los niños a Benicàssim (no paran de pedírmelo). Sé que no es buena idea, pero en casa estoy aún peor: para esta lisiada, cocer un par de huevos se ha convertido en deporte de alto riesgo. Soy lamentable.

Margaret Mead: el primer hueso soldado representa el primer vestigio de civilización, puesto que esto significa que alguien se ocupó de alguien, para que ninguna bestia lo devorara y no muriera de hambre ni de sed. La civilización comienza con el cuidado del otro.

Claude Lévi-Strauss: el paso de la naturaleza a la civilización se dio a través del alcohol. Quienes inventaron el hidromiel lo usaban para comunicarse con los dioses.

Yo: existen grupos de osos que se embriagan con bayas fermentadas hasta caer redondos.

20 de julio de 2019

Inventarium familiar, apartamento de Benicàssim:

- Gotelé.
- Lámparas de latón con tulipas de cristal blanco.
- Un sofá con un estampado que parece la portada del disco *Mixed Up* de The Cure.
- Una limpieza inmaculada.
- Un armario con una baraja de cartas de póquer, palas de ping-pong, un Scrabble.
- Un matamosquitos que emite una luz relajante.
- Bañadores tendidos.
- Una mesa y un juego de sillas de plástico en la terraza.
- Toallas (lavadas sin suavizante para que estén ásperas y sequen mejor) dobladas sobre la mesa.
- Un cenicero de cristal con forma de hexágono.
- Una pila de periódicos, revistas de crucigramas y del corazón con un pedrusco encima.

- Bidones de agua de cinco litros en fila contra la pared de la cocina.
- Sandías y melocotones sobre la encimera.
- El frigorífico repleto de botellas de agua.

Beben agua sin parar y tiene que estar bien fría, si no está bien fría no la beben, y si lo hacen, lo hacen a regañadientes. Miro a la piscina desde este balcón que se ha convertido en mi propia cárcel, y resulta tan deseable que saltaría desde aquí. Algunos de los vecinos bajan a hacer sus largos cuando está vacía. En esta urbanización nadie nada mejor que yo, y quisiera darles una lección, sobre todo a ese tipo con pinta de legionario, demasiado músculo para tener buena flotabilidad.

Quizá esta sea la última vez que estaré, estaremos, de vacaciones con mis padres.

Duermen en la habitación de al lado, nos separa una pared fina, casi de papel. Es extraño sentirlos tan cerca, medio desnudos, juntos y sudorosos; es extraño oír sus cuerpos respirar en plena noche.

Odian a todos los residentes de la urbanización. Son supremacistas que denuncian la estupidez y la injusticia de los Otros. Tienen una intuición hipertrófica de lo que es justo o injusto, y sin embargo, sin excepción, se someten a la estupidez y a las arbitrariedades de los Otros.

Miran y contrastan los precios de las cosas como nunca antes lo habían hecho. A menudo, aunque no siempre, cuanto más gastan, más les gusta lo que compran. Comparan los calamares de los establecimientos: el precio, el tamaño de la ración, el grado de frescor del producto, la delicadeza del rebozado… desgranan sus características hasta llegar a un veredicto que suele ser unánime. Si algo es muy malo, el tono se eleva progresivamente en cada intervención, se les oscurece el semblante y, cuando dan con el verdadero grado de negligencia, parecen muy enfadados con alguien. Por el contrario, cuando algo les parece realmente bueno, se les ablanda el cuerpo y ponen gesto de enamorados.

Por el día comemos en casa y de noche en algún restaurante. Son tantos años haciéndolo que conocen la genealogía de todos.

Papá: «Aquí hacen unas gambas a la gabardina estupendas, pero el dueño era un poco cerdo, y quizá por eso empezó a perder clientes, entre ellos a nosotros. Luego cerraron durante un par de años y ahora lo regenta un chinito, *pero* no sabes qué risotto hace».

Cada vez que dice «chinito» quiero preguntarle si realmente es tan pequeño. Reprimo un mitin sobre la cosmovisión que subyace al uso de «pero». No hablamos el mismo idioma ni el mismo lenguaje.

Mamá, cuando papá va al servicio: «Ahora se ha enamorado del chinito, se enamora de todo el mundo. Todos los días viene a desayunar con él, ¿lo sabías?

El chinito en cuestión acompaña de vuelta a papá hasta la mesa, con un plato de cacahuetes en las manos. Papá nos lo presenta. Él sonríe todo el tiempo. No entiendo del todo lo que dice, así que papá traduce: «Habla de su hijo, no sabes lo espabilado que es, se entretiene con la calculadora mientras su padre está trabajando». «Estoy segura de que es un portento», añade mamá. Cuando el chino se aleja, la sonrisa les dura cuatro o cinco segundos más. Estarían dispuestos a entregar su vida por él.

El primer día cenamos en un restaurante con patio interior. De los árboles colgaban bombillas de colores y había cojines con diferentes estampados sobre los bancos de piedra. Pidieron un montón de entrantes para compartir, luego cada uno pedimos un plato y un postre. Papá siempre elige helado de postre, tres bolas de diferente sabor: la menta y el limón son sus preferidos. Cuando trajeron la cuenta, les dije que yo me encargaba. Aceptaron sin rechistar. No me lo esperaba, así que me enfadé en silencio, primero con ellos y después conmigo misma, por haberme enfadado con ellos. Era una niña pequeña pagando la cena a sus padres. Desde entonces nos turnamos: yo pago la cena, ellos el aperitivo antes de la comida, yo el segundo aperitivo, ellos la cena, una compra yo, la siguiente ellos...

Hoy he decidido quedarme con los niños en el apartamento, primero porque no puedo seguir el ritmo de mis padres, y segundo porque los niños están hartos de hacer cola en restaurantes repletos de gente y de ser amonestados por sentarse mal a la mesa.

Las ampollas que me han salido en las manos por culpa de las muletas no sanan y estoy de muy mal humor, varada en medio de esta playa, en la que hace demasiado calor.

Duermo con los niños en la sala. Es raro volver convertida en madre al mismo escenario y a las mismas rutinas de cuando era pequeña. Mamá limpia toda la casa a las ocho de la mañana. Mueve el sofá y los muebles para barrer. Hace mucho ruido, despertándonos cada vez. Se hace la sorprendida: «¡Si no he hecho ruido!». Después friega los suelos, con lo que no podemos movernos. Nos quedamos atrapados en la cama, sin poder levantarnos. Tampoco ella puede moverse. Está de pie en la línea que separa la sala del baño, con la barbilla apoyada en el palo de la fregona, esperando a que el suelo se seque.

Se quejan de todo el mundo, hablan mal de todo el mundo en cuanto les dan la espalda. Detestan especialmente la charlatanería y la tacañería de los Otros.

También lo hacen entre ellos: papá chismorrea sobre mamá en cuanto ella se gira. Pero viven pegados el uno al otro. Tengo la certeza de que también me critican en cuanto me alejo; con rabia, ira, desprecio, espanto, vergüenza… y aun así sé que me quieren con locura.

Mamá me dice: «Si estuviéramos quince días más, me divorciaría». Que es insoportable, controlador, mandón. Papá está tan débil que me asusta la idea de la separación. Bebe cervezas *sin* una detrás de otra. Enseguida se le relaja el cuerpo, como si el mero recuerdo del alcohol fuera suficiente. Se avergüenza de lo mucho que le ha crecido la tripa, así que no se quita la camiseta, ni siquiera en la playa. Arrastra los pies, la piel del abdomen se le ha puesto tersa como la de una embarazada. Tiene los brazos y las piernas consumidos, la papada le cuelga flácida. Sigue conservando el pelo de alguien joven, pero su mirada refleja desamparo.

El portero rumano va a jubilarse. Es uno de los pocos a los que mis padres han dado salvoconducto. Gana mil trescientos euros mensuales. Dicen que habrá hecho mucho dinero, gracias a que tiene la luz, el gas y el apartamento pagados y una forma de vida austera, ya que apenas sale de la urbanización… Imitan los diálogos que han tenido con él, su rumano-castellano enmarañado. A menudo, tras hablar con él, utilizan el término «pobrehombre».

Adoran a los niños, pero enseguida se aburren de ellos. Les gusta mirarlos, ensalzan su belleza, pero no los llevan a ningún lado si yo no los acompaño. Estuvieron incitándoles para ir al Aquarama, pero cuando llegó el día dijeron que no querían ir solos con ellos, que ellos no iban a subir a los toboganes, y pretendían que pagáramos tres entradas en balde, las suyas y la mía. Al final fui yo sola, con la escayola cubierta por una funda de goma. A lo que me costaba desplazarme había que añadirle el calor, las colas y las escaleras. Fue bastante patético.

«Tendrías que hacer deporte, te ha salido… ¿cómo le llaman a eso? ¡Sí, celulitis!». En los muslos. Es verdad. Hoy me he sorprendido a mí misma buscando tutoriales para tonificar diferentes partes del cuerpo, como si antes de que mi madre me lo advirtiera no me hubiera dado cuenta. Soy ridícula.

22 de julio de 2019

Le he pedido a papá que me lleve a una librería llamada Noviembre. No sabía que en Benicàssim pudiera haber algo así. Hemos ido los dos solos y por el camino me ha contado cómo fue la compra del apartamento de Benicàssim.

Cuando conduce es cuando habla con más soltura, quizá porque no tenemos que mirarnos a los ojos. Hace unos veinte años papá vino con el abuelo a visitar las fábricas de Castellón. Iba a ser cuestión de un par de días. Se hospedaron en el hotel Orange. Poco antes de acabar todo lo planeado, cenaron con un constructor llamado Germán. Les dijo que estaban construyendo dos edificios de apartamentos, y el abuelo le pidió que le guardara uno, allí mismo, en la cena. El otro le respondió que sí, que claro. Fueron seis millones en total. «Quería ponerlo a mi nombre. Y que yo apareciera como titular. Así lo quería él y así me lo dijo, y a Germán también se lo dijo».

Así que acudir año tras año, ¿ha sido tal vez una especie de mandato familiar?

¿Por eso deja de beber aquí?

¿Eso es lo que convirtió a Benicàssim en domingo?

Mamá ha repetido muchas veces que, pese a ser el mayor, papá es el único al que sus padres no le pusieron un piso. «No lo quisieron –dicen–, a pesar de que siempre fue el mejor de todos los hermanos».

Un baño aquí y cena allá, tardaron cinco días en regresar a casa. El abuelo se pasó el viaje en bañador y descalzo. Me lo cuenta sin disimular la alegría que le produce recordarlo, poniendo el acento en las excentricidades del abuelo, sin poder ocultar la felicidad de haber sido el elegido, aunque solo fuera por una vez.

Le pregunto si al morir los abuelos el apartamento estaba efectivamente a su nombre, y me responde que no. «No me importa. Me lo dijo, y yo sé que así lo quería él». Un apartamento en el destierro para el hijo ausente.

Al regresar mamá me pregunta qué tal he encontrado a mi padre. «Bastante bien», le respondo. Mamá niega con la cabeza, dice que estoy equivocada. Que otros años resurge a la semana de llegar aquí, pero que este año es distinto, que está «desapareciendo». Le digo que la vez anterior me dijo que lo veía mejor, que se aclare de una vez. «Lo dije, pero no es así». Enmudezco.

Quiero volver a mi casa. Pero, lo quiera o no, esta también es mi casa, la llevo a cuestas, se me ha incrustado dentro, como dos idiomas que se destruyen mutuamente en el cuerpo de alguien bilingüe: «Être bilingue, c'est un peu comme d'être bigame: mais quel est celui que je trompe?» (Elsa Triolet).

Ya en mi casa verdadera (o en la ficticia, pero en la mía).

¿Qué ha sido mi padre hasta que dejó de beber?

- Una semilla.
- Un sueldo.
- Una ausencia.
- Un olor.
- Una fuente de vergüenza.
- Una cantera de desconfianza.
- Un silencio impuesto.
- Un cuerpo.
- Una mirada ecuestre.
- Una fruta podrida.
- Un hombre embarazado.
- Un rastro viscoso.
- Ataques de ira.
- Mentiras, mentiras, mentiras.
- Caídas, caídas, caídas (físicas y metafísicas).

¿Por qué habría de ser un padre algo más que esto?

¿Acaso no tendríamos que demoler también la idea del amor romántico entre padres e hijos?

¿No bastó con poner la semilla? A esta mocosa, caprichosa y burguesa nunca le faltaron unas zapatillas de marca.

Mis padres nunca gastan en comercios que no hayan comprado el material de construcción en nuestra tienda. No toleran semejante escarnio. El material de los otros es de mala calidad y para salir del paso; «Nadie vende duros a pesetas» es su frase preferida.

Les encanta que alguien acuda a ellos porque le ha fallado algo que ha comprado en otro establecimiento, les sirve como alpiste para los próximos tres o cuatro días.

Ahora pretende que le arreglemos nosotros esa grifería de chichinabo. Más le hubiese valido comprar una de calidad. Ya se lo he dicho: no hay duros a pesetas. Cuando vamos a algún restaurante, da igual a cuál, siempre inspeccionan el baño. Casa fabricante, modelo, tamaño, color... Convertidos en detectives, comparten la información como si de un código secreto se tratara:

Marazzi, Isadora, 30 x 30, cobalto.

Aparici, Piemonte, ocre.

Porcelanosa, Sena Caliza, 30 x 40.

Todagres Porcelánico, vetas grises, mate, rectangular.

A veces se corrigen mutuamente:

Cobalto no, índigo.

No puede ser: no existe en 30 x 30, sería un 40 x 40.

Y comentarios complementarios:

Está colocado mal, irregular: se nota que no lo han hecho Raúl o Gogorza.

El suelo no pega con la pared, hay que ser daltónico.

Obsoleto.

Un abismo entre el refinamiento de los *pintxos* y el horror del váter, menuda pena.

Ese material hay que colocarlo con junta gris, puesto así lo han estropeado.

También hay absoluciones:

Les ha quedado muy bien, se lo vendí yo.

Maravilla. Fuera de serie. Dan ganas de comer en el suelo del váter.

Ha cambiado todo. Han cambiado todo. Ha desaparecido el olor a detritus y ya nada queda en penumbra. En las aceras no hay heces de perro ni suciedad. Todas las esquinas de Rentería tienen su papelera de acero inoxidable, y han levantado casas y parques donde antes había explanadas llenas de cascotes. Ya no hay diferencia entre barrios ricos y pobres, puedes encontrar el mismo tipo de edificio aquí y allá, en el pueblo de al lado y también a setecientos kilómetros. No hay ni punkis ni yonquis, las castas se han igualado y también los barrios, formales, repeinados, adomingados. No hay jeringas ni recolectores de chatarra ni vendedores de pienso ni litronas vacías ni colchones con sus mapas de turismo interior impresos ni pelotazos de la policía ni rastros del veneno amarillo para ratas. Han puesto artilugios para atar las bicicletas y cámaras de vigilancia por todas partes, suelos de goma en los parques infantiles y algo impensable: una bandera española en el balcón del Ayuntamiento. Seguros y perfumados como buenos ciudadanos, ahora nuestro único deber consiste en ser felices.

En la tienda ya han vendido todos los kilómetros de azulejo que se podían vender. La decadencia del sector de la construcción y la de papá han llegado de la mano, tanto es así que tengo que aferrarme a los recuerdos fosilizados de niña para eludir la idea de que mi padre es el responsable de la crisis de la construcción en todo el Estado. Primero, mis abuelos han dejado de venir bronceados de lugares remotos, luego han desaparecido los obsequios, las cajas de naranjas, el vino y el champán, los llaveros y los bolígrafos.

Hoy he vendido una escobilla.

Dice mamá.

Hasta entonces, al anochecer, después de un largo día de trabajo, metía los pies en un balde con agua templada y sal, pero ya no es necesario, no se cansa.

Todos a Ikea a comprar cocinas y baños de juguete, ¡idiotas!

Dice.

Para papá, el límite entre el viejo y el nuevo mundo está en la sustitución de las servilletas de tela por las de papel; para mamá, el nuevo mundo comienza con Ikea.

¡Que cada cual monte su mueble! ¿Dónde se ha visto algo así? ¡El próximo negocio va a ser vendernos palas para que cavemos nuestra propia fosa! ¡Merecemos morir!

[Llamada de teléfono, Sorkun]:
Cuando he salido a bajar la basura, he visto a tu padre.
Hace más de media hora, serían las nueve. Iba dando tumbos
por la calle y me ha dado miedo que se cayese, así que he ido
tras él.

(Oigo lo que dice, sé que no ha pasado nada por la manera en que ha dado comienzo a la narración: desde el principio,
cronológicamente, sin regodearse, pero sin prisa por llegar a
la conclusión. No ha pasado nada, lo sé. Mientras tanto, la
vergüenza y la pena intentan hacerse un hueco en mi interior,
me cierro para que no ocupen demasiado espacio, aunque
con Sorkun no hay problema, ya que la transacción de mise-
rias está en la base de nuestra relación).

Lo he visto entrar en la tienda. Iba todo meado. Le ha
costado abrir la puerta, ha estado intentándolo durante varios
minutos y al final lo ha conseguido. Ha entrado sin encender
las luces. Por eso te he llamado; de hecho, lleva más de media
hora dentro... A lo mejor le ha pasado algo, no estaba... bien.
Pobre, ¿qué hago?

Vete a casa.

¿No quieres que entre a ver?

No, no, vete.

Encima, estoy en pijama.

(Tengo una revelación. Visualizo la entrada de la tienda
con el nombre y el apellido de su madre, «María Antonia
Zapirain», escrito encima de la puerta de cristal blindado y el
pasillo cilíndrico. Lo veo entrar con la voz en off de Sorkun,
abriendo la puerta-vagina de su madre, adentrándose por el cuello del útero que es el pasillo, para dejar de existir en el vientre
que es la oficina a oscuras.

Él allí, dormido plácidamente.

He pensado con cierta dulzura).

No es grave. Quizá no sea más que una manera de estar
con su madre. *Estar* en sentido espiritual.

Ya.

Dice que nunca le ha dado un beso.

En esos tiempos era normal.

No había caído. Vete a casa, es tarde. Echará una cabezadita en la oficina y ya. No te preocupes.

Quizá se haya caído.

Entonces dormirá en el suelo. ¿Qué tipo de pijama llevas, esquimal o un picardías de seda?

¡Idiota! Llevo una camiseta de Suicidal Tendencies que un amante que tuve se olvidó en mi casa, me llega hasta las rodillas.

He parido. Papá ha venido al hospital. Llueve y está mojado, también por dentro. Los mellizos no están conmigo, sino en la UCI, ya que han nacido prematuramente.

Prefería que muriesen ellos a que murieras tú.

Ha dicho papá en un alarde de amor.

Se ha sentado en la cama, no puede permanecer de pie. Tiene los puños cerrados, cuando intenta moverse chasquea la lengua y se ayuda de ellos, empujándolos contra la cama.

A partir del nacimiento de los niños, nos visitará todos los domingos por la mañana. Hace años que también bebe los domingos.

Hará una breve entrada dentro de casa y luego se perderá por el terreno trasero, inspeccionándolo todo. Traerá dos bolsas llenas de caramelos para los niños, que lo quieren con locura, y maldigo el día en que lo desenmascaren.

En época de fruta, cogerá alguna pieza de cualquier árbol y entrará en casa y me buscará para morderla delante de mí como un tonto. Al terminar dará su veredicto:

Excelente.

Así me adora, a mí y a mis frutos. Lo entiendo. También a mí me satisface ver a mis niños alimentarse con la comida que yo les preparo.

Otras veces entra en casa con un ramillete de menta pegado a la nariz, aspirando sonoramente de manera que yo le oiga.

Dirá:

Menta.

Seguidamente, arrojará el ramillete por la ventana de vuelta al jardín.

[Llamada de teléfono]:

¿No tienes nada que decir sobre lo de ayer?

¿Sobre ayer?

Sobre el pedal que trajiste ayer.

Las borracheras de verdad no se pueden contar.

Se caga encima. Efectivamente, hay cosas peores que la muerte. A veces mientras trabaja, en la oficina. Otras veces simplemente mientras camina por la calle. También en la cama, mientras duerme. Decía Wittgenstein que ante lo indecible era preferible el silencio. La mierda tiene la facultad de expresarse por sí misma, representa todo lo místico, Dios vive en ella. Y, sin embargo, una cosa es que tu padre se cague encima todos los días, y otra muy distinta escribir acerca de que tu padre se caga encima todos los días. Las palabras tienen capacidad metabolizadora. Soy la reina de la casquería.

18 de agosto de 2019

Hace calor. No salimos de casa hasta que el sol afloja y los turistas se dispersan. Hendaya está colapsada hasta el punto de que no queda un solo centímetro para extender la toalla en la arena. Bajamos a la playa en bicicleta, nos bañamos y volvemos a casa sin ni siquiera tumbarnos al sol para secarnos.

A mediodía han venido papá y mamá. Me han llamado y he bajado con los niños al chiringuito a tomar un café. Papá se bebe una botella de cerveza sin alcohol de un trago. El temblor ha desaparecido de sus manos, pero su mirada se ha vuelto como la de un animalillo al que han separado de su madre. Los niños se abrazan a él. Brillan. Quiero que esta belleza perdure para siempre, no quiero olvidarla.

Papá me cuenta que en el aparcamiento del Sokoburu había una cola muy larga, y que al llegar su turno y haber encontrado un hueco para aparcar, una mujer de pelo rubio y pamela que rondaba los cincuenta ha aparecido de la nada y se ha puesto en medio haciendo aspavientos, pretendiendo reservarlo para el coche que venía detrás, conducido por su marido. Parece ser que papá le ha pedido que se apartara y que ella se ha negado, que se lo ha solicitado más de una vez educadamente, y ella, obcecada, que no. Inesperadamente, la mujer se ha sentado en el lugar donde iba a aparcar papá. Entonces papá le ha tocado la bocina y le ha dicho «Pero ¿qué hace?, ¡apártese!», y entonces ella… ¡se ha tumbado en el suelo con los brazos y las piernas bien abiertos!

Al principio no le he creído. Pero mamá ha ratificado la historia, aportando aún más detalles: al final ha sido el marido el que ha aparcado, quitándole el sitio a papá. Y, como otras muchas veces, ha añadido: «Sabes que yo no miento».

Les pasan cosas increíbles, pero las cuentan como si fueran trivialidades, casi con desdén, ya que la Constitución familiar prohíbe expresamente el drama. Luego permanecen callados durante un buen rato.

También a mí la gente cercana suele decirme que me suceden cosas extraordinarias, y a lo mejor, al principio, la gente duda de mi palabra.

25 de septiembre de 2019

Papá ha tenido un ictus. El segundo. Por la mañana he recibido un audio de mamá, que me lo había enviado a las 7.30 pero que yo no he escuchado hasta las 8.30. A las 4.00 lo ha oído levantarse de la cama y caerse. Ha intentado levantarlo, pero no ha podido. Ha llamado al 112, y a los diez minutos ha aparecido una ambulancia. Para las 7.30 ya sabía que era un ictus, así que hasta entonces no me ha mandado el audio:

«No quería asustarte en vano». Lo he escuchado de camino a la universidad, antes de entrar en clase. Al abrir la puerta del despacho he visto un pato gigante en mi silla. Ha aleteado un par de veces. He hecho como que no lo he visto.

Cuando me he enfrentado a los alumnos les he dicho la verdad, que mi padre había tenido un ictus y estaba muy grave. Hace ya un tiempo que vengo diciéndome que también en clase hay que hacerle un hueco a la verdad. Me han dado ánimos y me he marchado al hospital dejando a los alumnos en clase.

He recordado lo que he dicho antes de que empezara todo esto, justo antes de oír el mensaje de mamá. Llevaba a los niños en el coche y, no recuerdo por qué (los olores, los colores), les he dicho: «Creo que, realmente, el otoño empieza hoy».

He llegado al hospital. Antes de entrar a la habitación hemos hablado con el médico en el pasillo, y ha dicho que papá le transmite muy malas sensaciones [*sic*]. Le ha reñido a través de nosotras porque no ha hecho nada por cambiar [*sic*]. Ha añadido que ya sabía que la enfermedad era muy grave. Que ya sabía que podía provocarle derrames.

—Y al final ha sucedido un evento [*sic*] como este. Se ha arriesgado a que sucedieran eventos [¡*sic*!] como el que ha sucedido.

Bodas, bautizos, ictus.

Ha dicho que no sabe si va a salir de esta. Y si sale, en qué estado. Que no reacciona, que no entiende lo que le dicen.

Luego nos ha dicho a mamá y a mí «Venid, chicas» [*sic*], agarrándome del codo (¿me ha agarrado del codo?). Se nota que habrá hecho algún curso rápido para trabajar la empatía en las relaciones médico-familiares, pero no le gusta la gente. Nos ha llevado al lado de la ventana. Qué es eso que tiene entre los dientes y las encías. Sarro. Maldito psicópata, no entiendo por qué es médico, porque era buen estudiante (con ese pedazo de cabeza, ¡yo también!), porque sería capaz de asimilar los apuntes de bioquímica mientras se masturbaba, por alguna razón peregrina.

—No nos gustaría que se quedara *vegetal*, y tampoco a él.

No sé si ha sido mamá la que lo ha dicho o he sido yo, pero estamos de acuerdo.

—Y tampoco querréis que sufra, ¿verdad?

Me cuesta entrar en la habitación tras hablar con el médico. Me cuesta llorar. Qué tiene la gente en contra de las plantas.

En cuanto he visto a papá, me he tranquilizado. Nos entendía, pero nosotras a él no. En un momento me he acercado mucho para intentar descifrar lo que decía, y ha buscado mi beso, con la mirada jadeante. Su manera de besar y pedir besos siempre me ha parecido suplicante, pero hasta hoy no me he percatado de que la imagen era esta: la de un bebé hambriento. O la del borracho que busca el morro de la botella. Luego ha venido Lander. Lo ha reconocido y ha intentado decirle algo, pero no ha podido. Lander le ha acariciado la cabeza mientras me miraba.

No siento gran cosa. Quizá esto sea la negación. A veces quiero que muera, o eso creo. Lo quiero mucho. Y hoy lo he visto tan insignificante, tan menudo, con olor a orín.

He llamado a Arrate para darle la mala noticia. Le he dicho que venga y se ha puesto a llorar. Llora en México, a una hora extraña, por un padre que es el de ambas.

Al volver a casa me he encontrado con los restos de la fiesta de la víspera. Media docena de botellas de sidra que no sé quién trajo quedaron sin abrir, así que las he puesto en fila encima del armario. Son de marcas diferentes y el color verde del vidrio varía ligeramente de una a otra. Cuando las ha atravesado un halo de luz se han vuelto color esmeralda.

27 de septiembre de 2019

Estando con papá en la habitación ha entrado la fisioterapeuta, Cristina. Al leer en la ficha que es de Rentería, le ha dicho que ella pertenece al Club Atlético Rentería, que hace lanzamiento de peso y jabalina. Tiene entre cincuenta y sesenta años.

Le ha preguntado a papá si tiene paciencia. Como él no puede responder, lo he hecho yo: que no. Que tiene que tener paciencia, tranquilidad y capacidad de aceptación. Está atontado, es un niño grande con pañal. No está aquí, no sé dónde está: ni siquiera está en La Gran Borrachera, ese sitio al que solía huir, sino en un sitio desconocido.

Le levanta las piernas, le dobla las rodillas, le da la mano, y él observa los movimientos como si fueran de otro. Mientras se deja manipular, abre y cierra los labios, su boca parece una medusa intentando nadar mar adentro.

Quiero sentir el calor de su cuerpo, y en cuanto nos hemos quedado a solas me he sentado pegada a él. Me ha mirado fijamente, me ha examinado el rostro, me lo ha acariciado con la mirada, como si fuera la primera vez que me veía. Pero sabe que soy yo. Aun así, parece que mi rostro se le hace desconocido, al menos a este ritmo. Nunca antes me había mirado durante tanto tiempo. Diez segundos. Toda nuestra relación ha cabido en ese espacio de tiempo. En solo diez segundos se ha renovado el pacto. Le he sonreído. Tenía poco tiempo para expresarle que estoy bien, que soy bastante feliz, he simplificado demasiado, lo sé, pero no se me ha ocurrido nada más. Ha seguido escrutándome, sin cambiar el gesto, hasta que yo, sin dejar de sonreírle, le he preguntado «¿Qué miras?» quizá más bruscamente de lo que pretendía, y él ha apartado la mirada.

Por la tarde me ha acariciado el pelo durante dos o tres segundos. Nunca antes lo había hecho. Me han enviado una reseña de mi libro, pero me da igual lo que diga: mi padre me ha acariciado el pelo.

28 de septiembre de 2019
Está desapareciendo, aunque los cables se empeñen en sujetarlo a este mundo. Tiene los ojos cerrados. Ha llegado Arrate, a tiempo.

29 de septiembre de 2019

Está muy agitado. Se mueve con una fuerza inusitada, como si dentro de su cuerpo viviera otra persona. Ha sorprendido a mamá agarrándola de la pechera hasta hacerle daño. Mamá se ha asustado y se ha zafado de él como ha podido. Lo han tranquilizado con alguna droga, pero por la tarde, después de que yo me fuera, ha vuelto a tener otro arrebato, esta vez con el tío Jose. Los médicos son pesimistas.

Antes de llegar a casa he pasado por la playa para ver el mar. Han anunciado alerta amarilla, por las mareas vivas; esperaba ver algo grandioso, pero no.

30 de septiembre de 2019

Jadea. Sigue con los ojos cerrados.

No puedo leer, y he estado viendo la tele agarrada a su mano. El bloque de hielo más grande de los últimos sesenta años se ha desprendido de la Antártida. Le han llamado D28, y es del tamaño de Ciudad de México. Han mostrado imágenes vía satélite: en la primera se ve una grieta, en la segunda una gran mancha blanca sobre un mar negro. Ha necesitado cinco días para desprenderse. He buscado más imágenes en la red, en busca del estruendo que genera el nacimiento de un nuevo iceberg. No he encontrado nada y estoy decepcionada.

1 de octubre de 2019

Murió anoche, a las once, con mamá a su lado. El tío Jose también estaba allí.

Yo me marché del hospital una hora antes. De vuelta a casa, en el coche, recordé que no le había dado el beso que Mikele me pidió que le diera, así que llamé a mamá para que cumpliera el encargo: «Ya sé que es una tontería». Murió instantes después de que le diera el beso.

Han sido Peru y Mikele quienes más alegrías le han dado en los últimos doce años. Fue Mikele quien más incondicionalmente llegó a querer a papá, y la que más llegó a expresarlo de palabra y obra. Cuando íbamos a su casa solía acariciarlo en la butaca, antes y después de que echara la siesta. Yo solía tener que apartar la mirada. Cuántos «Te quiero» llegó a decirle, cuántos abrazos.

Ya he empezado a escribir en pasado.

Cuando llegué a casa los niños estaban despiertos, esperando. En los momentos difíciles duermen juntos. Estaban tristes, Mikele llena de dolor, Peru con los ojos húmedos, pero sin llegar a llorar, nunca llora.

La luna era una línea delicada en un cielo morado.

Al amanecer he visto que el otoño ha entrado por la ventana: había hojas por todos lados, hasta debajo del sofá.

Ha muerto con sesenta y cuatro años, sin una sola cana.

Sesenta y cuatro es la esperanza de vida de los hombres en Senegal.

II

Las facturas continúan llegando.
Me han reclamado dos libros de la biblioteca de Bayona.
Los alumnos me han solicitado tutorías.
Mikele no encuentra sus vaqueros nuevos.
Han llegado los ejemplares de la segunda edición.
Hay que comprar comida para los gatos.
Pan, leche, huevos.

He pasado la tarde y la mañana en el tanatorio. Ha venido mucha gente. Sus conocidos, tus conocidos, los de ellos, los míos, los nuestros, familiares, amigos, compañeros de trabajo, clientes, chismosos. Quienes te conocían han resaltado tu generosidad y tu bondad. Parece que nadie se acuerda del dolor, ni siquiera nosotras. A ratos me han asaltado oleadas de tristeza. Tumbado en el ataúd, has recuperado tu tamaño real. No te he reconocido, no era tu cara. He visto muchos muertos, y ese no eras tú.

Han venido mis amigas de toda la vida, con las que no he hablado jamás sobre lo tuyo pero que lo saben todo, que han sido testigos mudos del desastre, y hemos llorado juntas por ti por primera vez.

Mamá ha elegido tu ropa, tienes pelo de niño. Me han dejado tocarte. No he querido hacerlo, pero los niños sí. Hacía mucho frío en la habitación donde te tenían expuesto. Enseguida hemos salido y nos hemos colocado al otro lado del cristal. Mikele ha llorado con las manos y la frente apoyadas en el cristal. «Nadie me va a querer como él me quería», ha dicho. Yo no quería mirar demasiado, no te reconocía, y no me sentía lo suficientemente fuerte como para lidiar con esa sensación. Han venido amigos y colegas míos que jamás te conocerán. Solo podían conocerte muerto, no cabía otra posibilidad. Condolencias. Abrazos. Cada acercamiento hace que derrame el agua que tenía estancada dentro, no quiero que pare hasta que me limpie del todo. No saben quién eras. No saben por qué lloro. No saben nada.

He visto a la peluquera que frecuentaste los últimos años con el rostro hinchado por el llanto, manoseando la piedra que le cuelga del cuello mientras mira tu foto. No recuerdo su nombre, a pesar de que la conozco desde que éramos jóvenes. Tiene cinco o seis años más que yo; entonces era guapa, alegre y deseablemente inocente, y así parece que sigue siendo: ligera y luminosa. La he imaginado rodeando tu cuello con la toalla. Te cubriría con la capa, atándola sin apretarla demasiado, pero lo suficiente para impedir que entrasen pelitos y agua. Luego te acompañaría hasta el lavabo. Probaría el agua del grifo en el dorso de la mano hasta dar con la temperatura adecuada. «¿Está bien así?», preguntaría, servicial, al mojarte el pelo, y tú siempre responderías «Sí», aunque estuviese demasiado fría o demasiado caliente (no te gustaba molestar). Después te frotaría el cráneo hasta hacer aparecer la espuma, masajeando la nuca y las sienes con maestría, y tú, con los ojos tiroideos cerrados, esos huevos que se movían debajo de la piel y siempre estaban a punto de explotar, serías capaz de disfrutar de aquel placer inmenso y humilde gracias a ella. Me ha tocado el codo al irse, con una sonrisa triste. Me he quedado turbada, por no decir celosa. Nunca voy a estar tan cerca de ti como lo estuvo ella.

Por primera vez me he sentido a salvo a tu lado. Por primera vez me he sentido orgullosa por poder mostrar mi amor hacia ti. Por primera vez, fíjate.

No ha venido ningún borracho ni ningún mendigo al tanatorio. Quizá seas un traidor para ellos, por haberte convertido en un colaboracionista durante los últimos años.

Cuando estábamos a punto de irnos, nos han dicho que teníamos que elegir las canciones de despedida. Mamá tenía claro que tenían que ser en euskera, y me las ha tarareado por lo bajo: «Mendian gora haritza», «Haurtxo polita», «Txoria txori» y «Xalbadorren heriotzean». No he tenido arrojo para alegar nada.

3 de octubre de 2019

Te incineramos ayer al mediodía. El funeral fue en la iglesia de los Capuchinos. Mamá dijo que cuando muera ella no quiere acabar en una iglesia. Arrate leyó un texto de Lander, hermoso y sincero. Lo escribió ayer mismo, en tu casa, él y no yo, porque te he negado la palabra aun estando muerto. Qué pensarían los demás. Solo tú lo entenderías, lo sé, le quitarías hierro, «Qué importa» serían las palabras precisas que utilizarías, estoy segura.

En casa cenamos filetes, ensalada y ñoquis. Comer carne estando tu muerte tan presente me ha revuelto el estómago.

No siento nada.

Cuando ayer llamé al colegio para decir que los niños no irían, no pude finalizar la frase a causa del llanto.

Luego me llamaron de la comisaría de San Juan de Luz para responder a unas preguntas, y tuve que contarles lo tuyo. En francés pude acabar la frase sin mayores apuros: «Mon père vient de mourir».

En castellano todavía no la he pronunciado: «Ha muerto mi padre».

Has muerto con sesenta y cuatro años.

Yo tengo cuarenta y dos; mamá, sesenta y seis. Peru y Mikele tienen doce, la diferencia entre la edad de mamá y la mía es la suma de la edad de los niños. No significa nada.

Autopsia o necropsia: examen médico *post mortem* que busca aclarar el origen de un fallecimiento. Consta de dos fases: la macroscópica y la microscópica. La primera consiste en una exploración exterior; los resultados se obtienen relativamente rápido. La segunda fase corresponde a la interior; los resultados pueden demorarse mucho más.

Hay dos tipos de autopsias, las clínicas y las judiciales. Las primeras tienen un interés científico, las segundas pueden tener consecuencias legales. De cualquier manera, solo una autopsia puede dictaminar la verdadera causa de una muerte, y no siempre. Frecuentemente, tras la muerte se esconden patologías y situaciones difíciles de detectar. La imagen del alma, por ejemplo, no puede captarse con ninguna lente. Sin embargo, por lo general, siempre suele haber una sospecha clara acerca de lo que ha causado la muerte.

4 de octubre de 2019

He dejado a Peru en el entrenamiento de rugby y me he dedicado a pasear alrededor del campo. Al mirar al cielo he visto una bandada de patos que volaban formando una punta de flecha. Dos o tres de ellos han abandonado la formación y han redondeado la imagen, formando una P. Les he dicho a otros de los padres que estaban allí que miraran, pero me han ignorado, no me conocen.

Papá, he pensado, tú.

A continuación he pensado: Me estoy volviendo loca.

5 de octubre de 2019

He soñado contigo, pero no recuerdo qué.

Nunca me contaste un sueño, a pesar de que durante años te despertaste para prepararme el desayuno a las 6.45 y solíamos estar los dos solos en la cocina. Era el único momento del día en que estabas sobrio, con el batín granate bajo el que resaltaban tus piernas blancas y delgadas. Sabías la medida exacta de leche que necesitaba el tazón de ColaCao, nunca echabas una gota de menos ni de más. En cuanto servías el cacao y el zumo de naranja, volvías a la cama, aún de noche. Desayunaba sola bajo la luz de la campana extractora, ese pequeño resquicio de vida que se abría en la oscuridad.

Nunca me peinaste el pelo, pero siempre venías a buscarme al aeropuerto.

La última vez que te acaricié: eso es lo que mejor recuerdo. Me gustaría volver a hacerlo. Es lo único que consigue conmoverme. Pero no he de olvidar que te acaricié solo porque te morías.

Tengo cita con el médico. No me siento capaz de volver al trabajo. Estas palabras que escribo son mi único lugar. Pero me cuesta pedir la baja. En la universidad faltan cuatro profesores, y yo sería la quinta.

No voy a mentirle al médico, que haga lo que tenga que hacer. No voy a sobreactuar. No voy a facilitarle el trabajo. Que sea él quien dictamine cuánto vale mi pena. Se la llevaré en mis manos, que se apañe.

6 de octubre de 2019

Estabas dispuesto a morir por nosotras, pero no estuviste dispuesto a vivir por nosotras.

7 de octubre de 2019

Me he encontrado con Goizeder en la calle. Me ha dado el pésame y me ha dicho que estuvo en el funeral, pero que no se acercó para no molestar. No la vi, nunca la he visto; la culpa, la vergüenza y el rechazo han impedido siempre que me acercara a ella. Va vestida sin gusto, con ropa que hace que parezca mucho mayor de lo que es. Quiere aparentar ser una mujer de provecho, seguramente porque continúa huyendo de la sombra de su madre. También yo estuve en el funeral de su madre, cuando era adolescente. Fuimos todas las amigas y nos acercamos una a una a darle dos besos. No entiendo cómo fue capaz de tolerar tal desfile de hipocresía. Con trece años la expulsamos de nuestro grupo. Con catorce fue la escuela la que la expulsó y la encaminó a estudiar estética. Me saluda con una veneración que me incomoda.

«Tu padre era un buen hombre —me dice—. Vino hace dos semanas a verme», añade, apenada.

No sabía que fueras a donde ella trabaja, nunca me lo dijiste.

Se ha percatado de mi asombro.

«Hace dos años que empezó a venir. La primera vez vino a hacerse la manicura, porque se le había encarnado una uña. Tenía las manos muy ásperas. Me comentó que se las había estropeado de joven, haciendo cal. Le ofrecí un tratamiento ultrahidratante, ¡y no sabes cuánto le gustó!».

Sus manos, que aún llevan el sello de oro de cuando era niña, han tocado, han acariciado y han masajeado tus manos ásperas. No puedo quitarme esa imagen de la cabeza. Las manos color patata de Goizeder entre las tuyas. Hace dos semanas. Vete a saber cuántas veces.

8 de octubre de 2019

Cuando moriste yo no estaba allí, aunque sabía que morirías aquella noche. Fue la última lección. Seguimos siendo quienes fuimos hasta el último suspiro.

9 de octubre de 2019

El viernes Arrate fue al médico, llevaba con fiebre y con dolores desde el día de tu muerte. Llamó, estando mamá en nuestra casa, para informarme de que la iban a ingresar, porque tenía las defensas bajas y los médicos no entendían por qué. Mamá se me ha puesto a llorar, pero yo he aguantado intentando transmitir serenidad. La han aislado en la unidad de enfermedades infecciosas. Hoy he ido a verla. Solo puede entrar una persona cada vez y hay que cumplir ciertas medidas de higiene: guantes, mascarilla, calzas y buzo de papel. Está en una habitación amplia, con Carlos, que ha tenido que salir para que yo entre. Le he dado un beso y me he sentado a una distancia prudencial. Está pálida. Apenas tiene fuerzas para hablar. Está convencida de que ha contraído el dengue, pero los médicos dudan, ya que tiene poquísimos glóbulos blancos y eso no es habitual con esa enfermedad. Aunque estamos a la espera de los resultados de los análisis, el autodiagnóstico de Arrate me resulta convincente.

Cuando me ha visto, ha dicho: «Siento que me estoy muriendo».

Le he respondido que quizá se deba a que una parte suya esté muriéndose con él.

Ahora, a su lado, me doy cuenta de hasta qué punto estamos débiles y vulnerables. No podría soportar que le pasara nada.

De vuelta del hospital, he ido a ver a mamá a su casa. Me ha pedido que la ayude con tus papeles. Ha puesto una caja de cartón encima de la mesa; «Mira qué ordenado tenía todo», ha dicho con orgullo. Encontrarme con tu caligrafía me hace llorar. Las tres nos estamos muriendo.

Me he sentado con mamá en la sala para examinar los documentos. Tu sillón desapareció junto a la barra, cuando hicisteis la reforma, y descubro que desde entonces os sentabais uno al lado del otro en el único sofá que hay ahora, noche tras noche.

¿Cómo será la vida después de esto?

¿Volveré a tener orgasmos?

El médico me ha recetado cuatro días de baja, antidepresivos y ansiolíticos. Me han parecido pocos días y muchas pastillas. Las he comprado, a pesar de que no pienso probarlas. La muerte del padre es el nacimiento de un hijo, pero al revés.
Quiero estar presente.
Quiero sentir este dolor.
Quiero quedarme embarazada.
Quiero un perro.
Quiero cortarme el pelo.
Quiero una autocaravana.
Quiero creer en las promesas que no me hiciste.
Quiero cumplir las promesas que nunca te hice.

10 de octubre de 2019
He tenido un orgasmo breve y triste.

¿Quién dice que tengo que estar compungida? Quiero vivir la muerte de manera salvaje, no de una manera normativa.

Quiero poner cosas —objetos, quehaceres, preocupaciones, citas— entre la muerte y yo: una nueva vida con un chihuahua, con unos amigos montañeros (que no tengo) con los que ir el fin de semana a los Pirineos.

Me ha llamado Arrate: efectivamente, es dengue. El obsequio, que se ha abierto al otro lado del océano, de un mosquito que le picó en México. No hay un tratamiento específico, solo ingesta de líquidos, paracetamol y descanso.

Han pasado cuatro días y no mejoro, me siento como si tuviera gripe. He llamado al médico solicitándole alargar la baja. Me responde que quiere verme. ¿Espera que elimine en cuatro míseros días esta carga que acarreo desde hace cuarenta años? Desde que parí no he estado de baja, incluso cuando me rompí el peroné estaba de vacaciones. En veinte años solo he estado de baja en otra ocasión, cuando trabajaba en la editorial, por ansiedad y cansancio. También aquella vez el médico se resistió y me dijo que cogiera unas vacaciones para descansar, que era joven.

—¿Has tenido ideas suicidas? —ha preguntado.

—¡Para nada! —he respondido—. Me duele todo.

Esta vez me ha recetado unos antidepresivos más fuertes. Iré a por ellos, pues tengo oído que aquí comprueban si retiras los medicamentos, si obedeces las instrucciones del médico. No entiendo a qué viene tanto obstáculo, pero no pienso perder la dignidad, no voy a aparecer arrastrándome, en pijama, no voy a mentir. Estoy cansada y con el cuerpo dolorido y vulnerable y asustada y sin aliento para ponerme delante de los alumnos, y no quiero medicamentos porque quiero sentir todo esto, y gestionarlo, y aceptarlo, y cambiarlo. Merezco sentir todo esto, porque mi padre ha muerto.

Este dolor es una ofrenda que te hago.

Te estabas haciendo cada vez más pequeño. En los últimos años perdiste entre diez y veinte centímetros en pliegues y torceduras.

No quiero hablar de ti con nadie, te quiero solo para mí. Nuestro amor sería incomprensible. Es nuestro secreto, tuyo y mío. Pero ¿cómo es posible querer tanto a un borracho?

Últimamente oleadas de vergüenza me asaltan en cualquier lugar. Vergüenza para solicitar la baja, vergüenza para llorar, vergüenza para aparecer maquillada delante de los demás, vergüenza cuando Mikele dice que no sabe en qué continente está Indonesia, vergüenza cuando Peru escribe en un grupo de WhatsApp un mensaje repleto de errores ortográficos, vergüenza cuando una extravagancia de Lander tiene nuevo público, vergüenza cuando alguien me dice que está leyendo un libro mío. En mi relación contigo la vergüenza ha sido el sentimiento predominante. ¿Puede haber algún resquicio de amor ahí? ¿Puedes avergonzarte de alguien a quien no quieres?

12 de octubre de 2019

No tuviste cojones para dejar de beber. Me abandonaste y aun así te quiero.

¿Qué clase de débil soy? ¿Qué mierda de esclava? ¿Qué farsa de feminista?

Hay quien pensará que eras un borracho y se conformará con eso. Un borracho, dicho así parece simple. Pero no todos los borrachos sois iguales, tampoco lo somos todas las mujeres, ni todos los negros, ni todos los franceses, ni todos los disléxicos, ni todas las lesbianas, ni todos los fascistas, ni tampoco todos los padres. Escribir se ha convertido en una manera de estar contigo y de estar para ti. Fuera de aquí se me antoja difícil sentir algo por ti, a través de ti o para ti. Por ti sí, por ti sí que siento cosas, por culpa tuya: rabia, vacío, desgana, cerrazón, ganas de aislarme y de morir.

Desexistir no es morir.

Desexistir no es suicidarse.

Desexistir sería la manera más delicada de quitarse de en medio, si desexistir fuera posible.

Desexistir, como anhelo.

13 de octubre de 2019
Mañana se cumplen dos semanas de tu muerte.
Siento rabia, pero ninguna pena.

Un *desmadre* es un exceso. Cuando sucede, se llama a un contingente de madres para que resuelvan el problema. El *despadre* no existe, ya que, según parece, el exceso puede ser algo inherente a los padres, y no por ello pierden su título.

14 de octubre de 2019
Es difícil querer a un borracho. Es difícil expresar en público amor por un borracho. Estos últimos años te he querido, pero con mucha aprensión. No sé qué es querer sin recelo, hay que ser estúpida para querer sin recelo.
   ¿Acaso no es una enamorada la que está escribiendo esto? ¿Acaso no es esta una colección de fabulaciones que poco tienen que ver con la existencia del objeto del enamoramiento, en un esfuerzo desesperado por encontrar restos de amor en las migajas que se te caían de los bolsillos en tus correrías?
   Hoy es mi último día de baja.

15 de octubre de 2019
Mamá me ha contado que el domingo hizo paella y que Peru apartó todos los trozos de carne, igual que hacías tú. «Espero que no haya heredado *el gen*», ha dicho, y me he enfadado.
   Mamá ahora habla sobre ti con un tono cariñoso que nunca antes había usado. Cómo preparabas para los dos la merienda «con jamón del bueno», cómo pusiste en el coche un frasco de cristal para no manchar el cenicero, qué bien os entendíais, qué bueno eras dibujando y con los números y haciendo muebles. Y, sobre todo, insiste una y otra vez, qué bueno eras.
   El padre secreto. Nunca le contaba a nadie nada sobre ti. Tampoco a aquellos con los que hablaba, qué sé yo, sobre

sexo anal. No sé si era por vergüenza hacia ti, o por miedo, o por simple tozudez. Ahora estás muerto. He sentido violentamente ganas de que murieras para poder escribir sobre ti y derribar el estigma.

A pesar de todo, sigues en mí. No ha terminado. La vergüenza perdura, impura, tentadora, lasciva, oscura, hollando el camino sin que nos demos cuenta, enemiga del ahora.

16 de octubre de 2019

Hoy, en clase de inglés, Ramón me ha hecho una pregunta: «Mañana, al despertar, ¿qué habilidad que no tienes te gustaría tener?».

«La de bailar», he respondido sin pensar, y he añadido que bailo muy mal.

Luego me he dado cuenta de que la imagen que invoca la frase es vergonzante, que dice muchas cosas sobre mí, demasiadas, y que quizá sea la confesión más antierótica que se le puede hacer a alguien.

Todavía no lo he pronunciado en inglés: «My dad died two weeks ago».

17 de octubre de 2019

¿Por qué nunca me arrancaste las hojas secas?

¿Por qué nunca cogiste mis tallos en tus manos?

¿Por qué nunca me regaste?

¿Por qué nunca me llevaste a un lugar más soleado?

18 de octubre de 2019

Me ha llamado Idoia, me ha dicho que lo ha sabido hoy, parecía alterada y apenada. He tenido que ahogar las ganas de llorar. Creía que no estaba sintiendo nada. ¿Por qué con Idoia?

Entre tú y yo hay quienes hacen de conductores y hay quienes hacen de aislante. ¿Quién es qué y por qué?

Quizá sea porque Idoia me conoció en mi época más chalada, cuando los niños apenas tenían dos años, cuando venía a casa para que nosotros fuéramos a trabajar, y porque me ha visto en pijama al menos cuarenta veces.

22 de octubre de 2019

Quería regalarnos un caserío. Quería que habláramos euskera. Nos pusieron nombres aspiracionales para que no nos alejáramos de lo que deseaban para nosotras. Nos escolarizaron a mí y a mi hermana en un idioma que no entendían. En ese idioma nos expresábamos ella y yo en la mesa. En las festividades, abuelos y nietos hablábamos en el idioma que estos habían negado a sus hijos «para que prosperaran» y que, para nuestro padre y sus hermanos, era el idioma mutilado y convertido en una especie de murmullo incomprensible.

Cuando decíamos «Ozpina, mesedez», nuestro padre y sus hermanos se miraban unos a otros en busca del significado, pero antes de que nadie moviera una mano, el abuelo o la abuela sentenciaban con diligencia: «El vinagre».

23 de octubre de 2019

Hace unos días soñé con Joxemari. Le preguntaba si en adelante le gustaría ser mi padre y él me respondía que sí. Unos días después recibí un correo suyo. Le conté el sueño y le pregunté si querría adoptarme. Me dijo que sí, que por qué no. La expectativa me reconforta y me alegra, aunque sea pura fantasía. Dudo de si te pondrías celoso.

24 de octubre de 2019

Me apetece comer sopa de ajo. Era uno de los placeres preferidos de papá, que solía prepararla en una cazuela de barro, muy ceremoniosamente. Cuando era niña me ofrecía una cucharada, nombrando a sus antepasados vascos, con los que, según decía, aprendió a comerla. «Aprender», decía, como si el plato escondiera un conocimiento misterioso. Quizá quisiera enseñarme la estética de lo sencillo, el lujo de los pobres, que en aquella cucharada cabía la felicidad. A menudo intentaba llevarme a aquel paraíso perdido. Al principio accedía para darle el gusto, pero cuando aprendí que aquel gesto mío lo llenaba de orgullo, dejé de aceptar la cucharada. Quería arrinconarlo, también en casa, tenía que demostrarle que estábamos en bandos opuestos, costara lo que costara. Hoy he tenido unas ganas locas de comerla. He comprado pan de sopa y le he pedido la receta a Amagoia. Quizá esta sea nuestra ouija.

25 de octubre de 2019
Hemos pasado cinco días en Barcelona, aprovechando que Lander tenía que tomar algunas notas para la novela que está escribiendo. Hemos dormido en L'Hospitalet de Llobregat. El domingo por la mañana, cuando bajé a por algo para desayunar, me encontré con algunos alcohólicos con pinta de mendigos intentando aguantar el vaivén sin perder la dignidad. Quién sabe, a lo mejor si hubiéramos nacido en L'Hospitalet seríamos más normales, Alcohólico e Hija, S.L., quizá la vergüenza también responda a una cuestión de clase. En L'Hospitalet la gente me parece hermosa, aunque estén desdentados y anden medio curdas.

Creo que empecé a escribir para librarme de tu carga, fue la manera de alejarme de ti, la oportunidad de ser otra persona, en otro lugar, entregada a otros. Empecé a sentirme celosa de actrices, bailarinas y pintoras, de su mundo en apariencia liviano, donde no solo la precariedad material, sino la emocional, podía convertirse en algo encantador. Sin embargo, yo no valía ni para el teatro, ni para bailar, ni para pintar. No sabía hacer nada, aparte de nadar y de leer. Quizá, si me esforzaba mucho y me convertía en una de ellas, tendría la oportunidad de transformar la decadencia en belleza. Quizá en aquellos mundos existiera para los padres alcohólicos y sus hijas un rincón calentito con cojines de terciopelo, pañuelos de seda encima de las lámparas y un dulzón olor a tabaco.

Interpuse entre vosotros y yo palabras desconocidas, ladrillo a ladrillo. El objetivo era desclasarme a través de la lectura y de la escritura, pero no esperaba que gracias a aquel ejercicio tomaría conciencia de lo que soy y de lo que somos, y que precisamente la verdad vendría de la mano de la belleza. Me alejaría del lugar del que venía, pero a cambio nunca olvidaría mi origen: soy del almacén donde se vendía cemento, cal y arena.

1 de noviembre de 2019

Ayer se cumplió un mes de tu muerte. Para poder sentir el vacío, antes hay que llenarlo.

Hoy no tengo ganas de nada, no me importaría estar muerta. Si rasco un poquito en esta desgana, quizá encuentre un poco de rabia. Tengo ganas compulsivas de comer, de fumar, de comprar, de leer.

Veo a mamá más alegre que yo.

Veo a mamá *demasiado* alegre.

Hoy ha ido a comer con sus amigas.

Me ha anunciado que tiene planes para ir a Tenerife, a París, a Lisboa.

Los asuntos de la herencia la mantienen con vida, las preocupaciones siempre la han hecho resucitar.

«¿Qué pensará papá si está mirándome por un agujerito?», me interroga, como pidiéndome permiso.

No sé quién eras.

No te gustaba hablar.

Te hacías respetar.

Nunca te alejaste de la gente trabajadora.

Las bobadas de Benny Hill hacían que te partieras de la risa. Cuando las vulgaridades de Martes y Trece te hacían reír, mirabas a los lados en busca de cómplices. Mamá te seguía, yo no. Cuando apareció Mister Bean ya habías aceptado que tendrías que reír solo. Las travesuras de tus nietos hacían que rompieras a reír a carcajadas. Tenías una risa felina, una mueca que podía parecer de dolor si le quitáramos el volumen. Yo nunca te hice reír, y aún menos llorar.

Me hacías tanto daño porque aquel cuerpo que sufría también fue el mío una vez. Ahora no sé qué hacer con esto, no tengo dónde guardarlo.

Desde pequeña te regalé perfumes: durante muchos años Brummel, los últimos Loewe Esencia. Al abrirlos siempre te echabas una ráfaga, aunque estuvieras en pijama. Quizá lo hiciéramos para ocultar el olor que emanaba de tu interior. Tenías una colección considerable, pero cuando moriste no estaban en el armario. Mamá me contó que se los fuiste regalando a los mendigos que te visitaban en la tienda.

No sé qué tipo de mujer te gustaba, tampoco si las mujeres te gustaban especialmente.

Nunca te pusiste un sombrero.

El fútbol te desagradaba, te gustaba la pelota mano.

Nunca nos pediste perdón.

Fuiste guapo.

Si lo pienso, no te quiero. Si lo pienso, te quiero. Si lo pienso, no te quiero. Si lo pienso, te quiero. Si lo pienso, no te quiero. Si lo pienso, te quiero. Si lo pienso, no te quiero. Si lo pienso, te quiero. Si lo pienso, no te quiero. Si lo pienso.
Ya nunca podré llegar a conocerte.

2 de noviembre de 2019
Mamá me ha llamado, me ha confesado que ha llorado tanto que se le ha puesto dolor de cabeza, que te echa de menos.

También yo he estado llorando durante horas, encerrada en la habitación, a oscuras, pero no le he dicho nada. Se me ha deformado la cara. Mirándome al espejo, descubro el placer de no reconocerme en él.

Estoy tan triste que soy invencible.

3 de noviembre de 2019
Si hubiera nacido en Haití, en Antigua o en Koh Tao, no estaría viviendo esto así, y menos aún contándolo. ¿Por qué tiene que ser un padre más de lo que fue el mío? Dramas, emociones y relatos del primer mundo.

Si me hubieras pegado, si hubieras golpeado a mamá, si hubieras violado a mi hermana o al menos no nos hubieras querido, te odiaría sin culpa, pero no. Es una enfermedad, dicen. Una enfermedad familiar: cuando uno enferme, todos lo haréis de un modo u otro.

No puedo odiarte, de acuerdo, pero tampoco quiero compadecerme, no quiero ponerme por encima de ti, eso te situaría por debajo de mí, y te quiero a la par, no voy a dejar que huyas de tus responsabilidades así como así.

Asco, rechazo, nada.

Solo los cobardes y los traidores escriben en contra de los muertos, lo sé.

4 de noviembre de 2019

Escribir es la forma desesperada de conocerte.

De hacer que permanezcas con vida.

De acariciarte.

La única manera de estar junto a ti.

Tuviste que enfermar para curarte.

Tuviste que morir para estar vivo.

5 de noviembre de 2019

¿Cómo es posible querer a aquel ser que solía estar inconsciente en su butaca durante horas?

¿Cómo podría soportar tu muerte si alguna vez hubieras bailado conmigo o me hubieras señalado los pájaros y sus nombres?

6 de noviembre de 2019

Lo cuenta Anari: los pescadores vascos no sabían nadar, no querían aprender. Si caían al agua, los que no sabían nadar morirían rápido, mientras que la esperanza de vivir alargaría la agonía de los que sí sabían hacerlo.

Y tú, ¿para qué aprendiste a nadar?

III

Según Karl Marx, la vergüenza es rabia replegada sobre sí misma. Pasó años analizando sus mecanismos, en busca de su potencial revolucionario. Quería avergonzar a los sinvergüenzas, convencido de que encendiendo en la masa la mecha de la vergüenza llegaría la revolución: había que decirles la verdad, aunque fuera amarga e insoportable, o precisamente por eso mismo.

Convertir la vergüenza en instrumento de conocimiento, solo a través de ella puede accederse a la cólera que se esconde tras el fracaso: «Se trata del momento en el que el león se agazapa, no pega aún el salto mortal, pero ruge».

Avergonzar a los sinvergüenzas, para que sientan miedo de sí mismos.

La vergüenza trae consigo una violenta toma de conciencia acerca de uno mismo, una verdad insoportable. Cuando esta se convierte en rabia, puede desembocar en algo así como una iluminación, ya que la rabia infundirá valentía, y la valentía coraje para luchar, para subvertir el destino y la miseria a puñetazos.

La vergüenza es el tránsito afectivo entre la derrota y la resistencia.

Tu hija ha sido marxista respecto a ti, no perdía la oportunidad para demostrarte cuán despreciable e insignificante eras para ella, aunque nunca lo hiciera de forma explícita. La pobre pensaba que tendrías una epifanía, pero no obtuvo a cambio más que algún chasquido con la lengua. Una vez, solo una vez, te habló con franqueza. Fue cuando saliste de desintoxicación. Para entonces bebías en los barrios de las afueras, y tu hija podía pasearse por el pueblo tranquilamente, incluso por la calle principal. Pero aquella tarde te vio en un bar céntrico. Sabía por su madre que habíais dilapidado gran parte de vuestros ahorros en aquella maldita Clínica Universitaria del Opus Dei, y una semana después allí estabas, con la cazadora colgada del brazo, las mangas de la camisa blanca remangadas, la copa en la mano y el meñique enhiesto. Tu hija vivía en el mismo pueblo que vosotros, pero ya estaba independizada. Primero dio la noticia a su madre: que te había descubierto bebiendo vino blanco («¿No sería agua?, ¿agua de color orín? No»). En cuanto llegaste a casa, tu mujer se enfrentó a ti. Tú negaste los hechos. Y fuiste a casa de la hija delatora. La conversación fue en el descansillo. No te invitó a entrar, y entornó la puerta para impedir que su compañera se asomara a aquella ciénaga familiar. Era evidente que habías bebido, aunque todavía mantenías la compostura. De no haberlo hecho, no habrías jurado con la mano sobre el pecho. Querías exhalar tu aliento en la cara de tu hija para demostrarle que no mentías. Ella te rogó por favor que dejaras de beber, con la voz quebrada.

Por favor.

«Por favor» era una expresión que utilizaban los idiotas y los meapilas.

Era la primera vez que se mostraba vulnerable ante ti, pero ni por esas.

Solo dejaste de beber unos años después, tras caer por las escaleras de casa. Algunos solo encuentran la sabiduría en el exceso. Quién sabe qué es lo que viste en aquella caída, pues no era la primera. Era víspera de Navidad cuando tu hija te encontró sentado en tu butaca con la cara deformada, pero sobrio como hacía tiempo que no lo estabas.

Luego vino una resaca de cinco años.

Incluso la casa cambió. Dada por finalizada La Gran Borrachera, el futuro exigía otro escenario. Las máscaras africanas y el látigo desaparecieron de la pared de la sala, muebles de aspecto volátil sustituyeron a los antiguos, oscuros y pesados; la barra se evaporó, al igual que la butaca, que hacía tiempo se había convertido en balsa, pero tu hija no estuvo allí para asistir a aquella jornada histórica, el Día de la Gran Victoria, y para escupir sobre los restos. En adelante, al entrar en la sala te encontraría de frente y no como antes, de escorzo. En adelante tendríais que miraros el uno al otro sin posibilidad de huir: un señor en bata, embutido en sus zapatillas de cuero, hundido en el sofá; una hija que también es madre, que se arregla el pelo en el espejo de la entrada al portal y mientras sube por las escaleras se lame las heridas ya cauterizadas.

¿Qué?

Nada.

Se agacha para darte un beso y todavía espera encontrar el efluvio del alcohol, no puede evitarlo, respira ese miedo continuamente. Aparta el mechón de pelo que le cae sobre el rostro para sentir el contacto de tus labios y de tu barba recién afeitada sobre su piel, y tú, apoyándote en los puños, te incorporas, alargas los brazos, el cuello, los labios, para escabullirte durante un segundo de las fauces del sofá.

Sois dos amantes escondiendo su deseo en vísperas del amor.

Me he cortado el pelo.

Dices.

Es una chica muy maja.

Dices.

Me gusta mucho cómo corta.

Dices.

Ella te conoce.

Dices.

La hija quisiera quitarte los pelitos que se te han quedado pegados en el cuello y en el pecho con la punta de las uñas, la hija quisiera ser las manos de la peluquera, quisiera ser la peluquera explicándote delante del espejo cómo aplicarte el fijador, buscando la posición correcta de la silla giratoria para enseñarte la nuca con el espejo de mano, quisiera oír a la peluquera hablar sobre tu autenticidad, tus salidas y tu carisma, quisiera humillar a la peluquera porque por tan solo 22 euros al mes lograba contigo la proximidad que ella nunca tuvo.

Tus manos son como vides: ásperas, dedos torcidos, nudillos prominentes. Tus pies son demasiado pequeños en relación con tu estatura, como si desde el principio te faltara una base sólida. Tus mejillas oscurecidas, mapas que nadie sabe adónde llevan. Cuando ríes, tus cejas simulan el vuelo de una gaviota. Caminas con el cuello estirado hacia delante, escapando de ti mismo.

Cuando dejaste de beber, dejaste también de hacer los viajes para llevar y traer a tu hija al aeropuerto. Quizá pensaste que ya no te correspondía, que no era procedente inmiscuirte en los asuntos de ella, que rondaba la cuarentena, o quizá solo fuera que los aeropuertos para entonces te quedaban lejos, estabas cansado y consciente de que la salud no te acompañaba. Tu hija se sintió herida la primera vez que no le llegó la llamada preguntando por el horario de partida del avión, pues prefería sentir el miedo a un chófer borracho que su ausencia.

A pesar de todo, tú y tu mujer ibais todos los domingos, sin excepción, a casa de ella. Le llevabais el periódico, además de pan y bollos; jamás os presentabais con las manos vacías. A tu hija siempre le pareció, por la satisfacción con que sacabas el periódico de la bolsa, que te sentías honrado de que en aquella casa se leyera un periódico distinto al que vosotros leíais, mucho más conservador.

Tu hija ha engullido el bollo suizo. No le importa que esté reseco, solo quiere que veas la veneración que siente por tus ofrendas.

¿No habías dejado de comer harina blanca?

Pregunta mamá.

La miras con hostilidad.

Come todos los que quieras, son los mejores bollos suizos de Rentería.

Coge un segundo bollo. Sonríes mientras la observas comer. Cuando se lo acaba, ríes. Le ofreces una servilleta para que se limpie el azúcar que tiene alrededor de la boca. El espectáculo ha sido tan infantil que tu hija se siente abochornada.

Más tarde, sales de una casa cuyos techos lijaste y cuyo suelo embaldosaste, estiras el cuello y merodeas por los alrededores como un zorro.

Tienes que cortar la hierba.

Tienes que quitar las hojas de los desagües.

Tienes que ponerle un toldo al tendedero. Ya te lo traeré yo, pero tienes que ponerlo tú.

Le dices a tu yerno.

Tiene que cortar la hierba.

Tiene que quitar las hojas de los desagües.

Tiene que ponerle un toldo al tendedero. Ya lo traeré yo, pero que lo ponga él.

Le dices a tu hija.

Cuando te das la vuelta, tu yerno, tu mujer y tu hija se miran y agitan la mano como si hubieran tocado un metal demasiado caliente. Nadie te lleva la contraria, nadie quiere darte una excusa para que rompas la tregua y vuelvas a darte a la bebida, todos permiten que te comportes como un príncipe barrigudo y caprichoso.

Mientras cavas la tierra con la azada para hacer una zanja, o das golpes con el martillo para meter la nueva verja en el suelo, tu mujer da cuenta a vuestra hija del balance de tu evolución médica.

Parece que está mejor.

Dice un domingo.

Parece que está peor.

Dice al siguiente.

Cuando te cansas, entras en la cocina dejando rastros de barro en el suelo, y bebes un vaso de agua con la misma avidez con la que antes habías bebido cerveza. Luego te sientas en el sofá y llamas a tus nietos para que enciendan la tele.

Solo entiendo el de mi casa.

Dices refiriéndote al mando a distancia.

Los demás, mientras tanto, recogen los desperdicios que has ido generando con tus labores de bricolaje, en la tierra y demás tareas, o siguen con sus intrigas domésticas.

Está preocupado pero no lo dice, Dios le libre. Cada mañana se mide el diámetro de la tripa, parece una modelo.

Dice tu mujer.

Tu hija dobla la ropa y la lleva de aquí para allá con una formalidad que no es habitual en ella.

¿Has visto los cerezos?

Te ha preguntado, utilizando la coartada de doblar las fundas de los cojines en la mesa de la sala para sentarse a tu lado.

Ella quiere obtener tu admiración, quiere demostrarte que ese legado cuyo significado desconoce pero que te pertenece queda en buenas manos, que además de con las plantas se ha atrevido también con los árboles, incluso te diría que le tienta la idea de comprar un terreno para plantar un bosque, para disfrutar de su sombra cuando se jubile.

Los he visto, están preciosos, no como los manzanos, que tienen tan mal aspecto, yo diría que tienen roña.

Respondes, preocupado.

Ella se ha sentido responsable de las Siete Plagas de Egipto.

Te has frotado las manos, has chasqueado la lengua:

Llamaré a un *buen* amigo mío, Santi Erkizia, es el jefe de jardineros del Ayuntamiento de San Sebastián. Que venga, a ver qué se puede hacer.

En la televisión, un anuncio de ron, en blanco y negro, a cámara lenta. Un chico y una chica guapísimos con traje blanco y vestido brillante bailando al ritmo de un son cubano, él con los botones de la camisa desabrochados hasta el ombligo y la pajarita desanudada, ella con los tirantes por los codos, ambos sonríen al sol, aferrados a la vida, haciendo gala de una psicomotricidad que los borrachos jamás soñarían tener.

Tienes las manos a ambos lados de los muslos hasta que, de pronto, anuncias que os vais.

¿Vamos?

Le preguntas a tu mujer.

Vamos.

Responde ella.

¡Nos vamos!

Gritas para que te oigan tus nietos.

Nos vamos.

Les dices a tu yerno y a tu hija.

Antes de irte has ido al terreno trasero y has vuelto con una manzana oxidada y deforme que has arrancado del árbol.

Estupenda. He cogido otro par para el camino, si no te importa.

No hay pasión en tus palabras, solo una notificación lacónica, la neutralidad que se le exige a la verdad.

Has abierto la mano. Ella ha visto sus manzanas en esa vieja cuna hecha con tus dedos. Está conmovida y quisiera darte las gracias, pero se da cuenta de que es una imprudencia y decide callarse.

A ver si viene ese amigo tuyo, el jardinero.

Ha dicho.

El jefe de jardineros del Ayuntamiento de San Sebastián.

Has puntualizado.

Os demostráis el amor que sentís el uno hacia el otro de una manera críptica, que nadie aparte de vosotros puede descifrar, y ahora tu hija quiere que te vayas de una vez por todas. Compartís la enfermedad tanto como el remedio. Desde la ventana te ha observado mientras entrabas en el coche, te sentabas en el asiento con las piernas hacia fuera y te quitabas el barro de los zapatos contra el bordillo de la acera, para no manchar el interior.

Durante La Última Resaca, apañaste un taller en el garaje de la tienda, en esa cueva húmeda y laberíntica donde aparcáis los coches todos los hermanos. Si la tienda que lleva el nombre de tu madre es el útero, el garaje es el intestino. Para tu hija siempre ha sido un lugar misterioso, y también para tus nietos. Hay que bajar una cuesta estrecha y empinada, mal iluminada por unos fluorescentes de baja potencia, para llegar a una especie de sótano de unos cuatrocientos metros cuadrados. Guardáis allí los objetos que os molestan en casa: bicicletas roñosas, vajillas, bolsas llenas de disfraces y pelucas, bombonas de butano, montones de vinilos, películas en VHS, casetes, magnetoscopios, radiocasetes, un telescopio, un microscopio, alguna caña de pescar, varios aparejos, una Zodiac, un Campingaz, un trineo, colchones, crampones, bastones de montaña, máscaras africanas, alguna cuna, una guitarra, un flotador de salvamento, una calculadora mecánica, botellas de sidras vacías y llenas, garrafas de vino, cestas de mimbre rotas de diferentes tamaños, colchonetas hinchables, infladores.

Así como en la tienda se ofrecen productos de futuro, en esta oscuridad se guardan retazos del pasado que nunca llegarán a venderse: espejos de baño, bidés, mamparas y azulejos descatalogados. Tras los coches que usáis habitualmente permanecen aparcados dos coches antiguos, un Dyane 6 de color beige y un Mini azul cielo, con los sillones también llenos de cosas inservibles: trajes de esquiar, esquís, cascos, zapatos de claqué, cuerdas para escalar.

En las columnas del garaje hay dianas de cartón con marcas de perdigonazos.

Esta chatarrería es tu mausoleo sagrado. Las ruinas familiares se exhiben en la intimidad, y si pusiéramos los objetos en fila podría leerse a ciegas la historia del clan al completo, sus amoríos y aficiones, desde los viejos sueños arrinconados a la realidad del monovolumen.

Todos los coches tienen la llave puesta. Cuando era niña le dejabas ponerlos en marcha, de uno en uno. Tenía cuatro o cinco años e iba de un coche a otro asustada con el estruendo que hacía cada uno al arrancar y tranquilizada seguidamente por tu risa. Es de las pocas veces en las que recuerda haberte hecho reír. Los arrancaba solo por verte así, aunque el peaje a pagar fuera el miedo que pasaba. Has empezado a refugiarte allí al salir del trabajo. Te quedas hasta bien tarde. Encima de la tabla que hace de escritorio has colocado una radio, un flexo, paquetes de chicles, hojas sueltas, reglas, cartabones, lápices, una goma de borrar de la marca Milan con los cantos redondeados por el uso. Te has agenciado una sierra eléctrica. Sujetas con sargentos los tablones que te dispones a cortar. El principal material con el que trabajas son los palés despiezados que una vez soportaron azulejos o ladrillos, pero también te sirves de cualquier mueble viejo o retal de madera que encuentres por ahí. Le mostrarás el resultado a tu hija buscando su aprobación. Le enviarás por el móvil fotos de las piezas desde distintos ángulos, siempre movidas por estar sacadas con poca luz.

Bonita.

Te responde ella, sin signos de exclamación ni detalles, como aprendió de ti, con la desnudez y simpleza que requiere la verdad, aunque luego mostrará las fotos de las piezas a sus amigas y amigos, y también las mirará en la intimidad, cuando la velocidad del mundo se lo permite.

Transformas lo que nadie quiere en objetos que luego todo el mundo querrá: cabezales para la cama, mesillas, carros con ruedas para la cocina, estanterías, jardineras. Encontraste la única religión verdadera: la alquimia, un anticristo que aprendió a convertir el vino en agua.

¡Mira lo que ha hecho mi padre! Aunque no parece, lo ha hecho reutilizando palés. Tu hija necesita las alabanzas de sus amigas, la aceptación de las que, como ella, te vieron desde pequeñas balancearte por la calle, meado y con la mirada perdida. Algunas te encargarán algún objeto para la casa. Tu hija estará exultante por poder presumir de padre, ya que sentirá que estás a punto de convertirte en otra persona también en casa de ellas.

Vaya morro tiene X, ha visto la mesilla que me hiciste y quiere una para su casa. Le he dicho que no puedes, que tienes muchísimo trabajo, pero que de todos modos te lo preguntaría...
Dice tu hija, con el apuro que le da sentirse tan orgullosa.
Si le ha gustado ya le haré una, pero tendrá que esperar.
Le respondes, con la garganta tomada por la felicidad.
Cuando gente que no conoces visita a tu hija, ella les dice:
Me los ha hecho mi padre.
Y les presenta, como nunca te ha presentado a ti, el escritorio, el cabezal, el mueble para las botellas, la cómoda y la caseta para el jardín que has hecho con tus manos. No sabe si tus muebles son bonitos o no, pero para ella son seres vivos y el afecto hacia ellos se mide a través de parámetros ajenos a la estética.

Esta vez tu hija quiere una biblioteca. Le pides las medidas, aún sin responder si podrás hacerla o no. Ella las anota junto a unas flechitas en un papelucho arrugado y te envía la foto por móvil. Ese mismo día dibujas las tres vistas de la estantería, las fotografías y se las envías a tu hija por móvil.
Esperando el visto bueno.
Has escrito.
Ok, adelante.
Responde ella.
Antes de ponerte a trabajar la madera, has aparecido en casa de ella un jueves a la hora de la cena, quieres mostrarle los diferentes acabados. Has llegado sin avisar, no has llamado por teléfono ni al timbre, entras directamente. Cuando apareces, tus nietos corren a abrazarte, tú les acaricias la cabeza y luego sacas del bolsillo de la cazadora dos bolsitas llenas de caramelos atadas con un lazo. Como no quieren seguir cenando, ella les riñe, tú les sonríes. Colocas sobre la mesa, sacados de una bolsa polvorienta, cinco o seis piezas con diferentes acabados: madera lacada en blanco, de color natural, blanca ajada, otra con las vetas a la vista...

No te preocupes si no entiendes los números, tengo las leyendas en el garaje. Yo ya me entiendo, no te preocupes.

Dices, a pesar de que ella no se ha fijado en las anotaciones a lápiz en el borde de cada retal.

A mamá le gusta la lacada. A ella le gusta lo moderno, ya sabes.

No es que no mires al yerno, es que ni tan siquiera lo incluyes en la frase. Al yerno no parece importarle, y a ella eso la tranquiliza y se lo agradece en secreto. Apoyas las manos en las esquinas de la mesa, con la mirada grave clavada en los trozos de madera.

Yo ya sé cuál es la que más me gusta, pero no me quiero entrometer.

Ella deja el pescado sin terminar y examina las piezas una a una, acercándolas a la luz de la lámpara. Elige la que tiene las vetas a la vista.

¿Esta?

Les pregunta a los dos hombres.

Sonríes. Le dices a tu hija que también es esa la que más te gusta a ti.

Ella mira a su pareja.

A mí también me gusta. Pero esta tampoco está mal, ¿no?

Dice él señalando otra pieza.

Te alejas de la mesa. A la hija le da la sensación de que te has disgustado.

Me voy.

Dices sin rodeos. Pareces decepcionado.

Te acercas al fregadero y te sirves un vaso de agua. A pesar de que eres un hombre ya en su fase menguante, al beber te enderezas y te alargas.

Te despides de los nietos y te vas, dejando el sonido del claxon en la noche.

Qué relación tan extraña tenéis.

Le dice tu yerno a tu hija.

Obscena.

Ha pensado ella, pero se ha callado. Quisiera saber si el disgusto es por su culpa o por la de su pareja o por algo que has visto en la cocina, o si, por el contrario, son solo imaginaciones suyas.

Cuando te alejas se siente más tranquila, como alguien que acaba de dejar atrás una situación peligrosa, pero sigue confundida. Has observado sus manos. Son las de una mujer adulta, no son las suyas. Va al baño, y en el espejo, ve la imagen de alguien que al parecer es ella. Se asusta al ver esa melena larga (ella siempre había llevado el pelo a lo chico) y esos pechos que asoman en el escote del vestido (¡esas prótesis grotescas!). Le cuesta volver al cuerpo que es hoy en día, a ese que la gente ve. Toca y aprieta sus pechos hasta sentir que las que aprietan son sus propias manos y lo que estas aprietan son sus propios pechos. Volver de la grieta de tiempo donde ha estado la deja exhausta y vieja, tanto es así que esos niños –que en vez de estar bañándose están viendo la televisión y comiendo caramelos– podrían ser sus nietos en vez de sus hijos.

Has necesitado la ayuda de tu mujer, tu hija y tu yerno para subir las piezas de la estantería del coche a casa. Caminas de puntillas, como si el suelo te quemara, pero muestras una fuerza descomunal para cargar y descargar los tablones. Tu rostro, que nunca estuvo lleno del todo, está ahora hueco, y los restos de lo que fuiste te cuelgan de la barbilla. Cuando conseguís subir todas las piezas, te sientes agotado. Dos semanas antes te han operado de varices esofágicas: te sellan las venas que podrían sangrar y crear una hemorragia que te costaría la vida. Palpas tu vientre satisfecho, como si sugirieras que has salido indemne del sacrificio, o eso le ha parecido a tu hija.

Te examina de domingo a domingo, vigilante de que el diámetro de tu vientre, que es como una fruta jugosa, no se aleje demasiado del diámetro de tus brazos, cada vez más delgados. Cada vez que pasa por tu lado intenta olfatear lo que permanece bajo el perfume que siempre llevas. Absorbe las partículas y se va a un rincón, como una maníaca, a descifrar contra la pared qué es lo que esconden, si es vida o muerte. No tienes más que un hilo de voz. Te enfadas cuando no te oyen, así que tu hija, como una sacerdotisa con vestido de mangas anchas, pide silencio cada vez que haces amago de querer hablar.

Tu yerno te dice que ya has hecho suficiente, que ya se encargará él de poner las estanterías y sujetarlas a la pared.

Ni siquiera te has molestado en responderle. Lo has mirado con desdén. Has subido tu caja de herramientas del coche y, con la boca llena de clavos, como un animal mitológico dispuesto a atacar, has montado las estanterías.

Tu hija te acerca viandas y agua fría en una bandeja. El yerno hace de peón. Le hablas bruscamente, les hablas bruscamente a todos, por simple pereza, por el hecho de tener que decir las cosas. Aceptan el maltrato sin protestar, porque saben que estás hablándoles desde un infierno que nada tiene que ver con ellos. Eres hábil moviendo los tablones de un lado a otro y utilizando el martillo, es sorprendente la fuerza salvaje que aún posees. Esa rudeza crea admiración y miedo en tu hija, siente que lo que ha acabado contigo ha sido precisamente haber almacenado tanta violencia dentro, pero no se atreve a pensar cómo o contra qué la habrías utilizado si la hubieses dejado salir.

Al acabar bebes dos cervezas sin alcohol de un trago, y te sientas en el sofá, jadeante. Luego te limpias los labios con el pañuelo de tela que siempre llevas en el bolsillo.

Ha quedado estupenda, ¿no?

Tu yerno y tu hija expresan su admiración mientras tu mujer limpia la obra con un trapo.

Se te ve agotado. La niña se pone a horcajadas encima de tu vientre y juega con los pellejos que te cuelgan de la papada, como hace siempre.

¡Qué guay, abuelo!

Grita.

El séquito os observa, conmovido. La niña pregunta:
Pero ¿te estás muriendo?

Se te escapa una carcajada. Cuando abres los ojos miras a tu mujer, a tu hija, a tu yerno, con los restos de la risa aún en el rostro. Agarras por las manos a la nieta, que está cabalgándote, y le dices que no con un tono que no quiere ser excesivamente convincente para la audiencia más adulta, con el orgullo de quien ha sido descubierto mintiendo por una buena causa y, girando el cuello, les guiñas el ojo.

Tu hija no movió un solo dedo cuando supo que lo sabías. Tu hija atrofiada no cambiaría sus costumbres e iría más a menudo a vuestra casa, y cuando ibais vosotros a la suya, tampoco sería más cariñosa, no quería que descubrieras que había violado la Constitución familiar, no quería que sospecharas que tramaban algo a tus espaldas. Aunque hubiera aprendido a ser más amable con sus amigas y con su familia política, tu hija no era una tránsfuga. Era leal, y no iba a confesar que quería ir contigo a Benicàssim, disimular sus cuarenta años e ir con tus nietos convertidos en hermanos a las conversaciones mudas de la terraza con sillas de plástico, aprovechando la última oportunidad para volver a ser tu hija. Ella no era ninguna chismosa, nunca te preguntó nada sobre el dolor o la muerte.

Tuviste que enfermar para curarte. Tuviste que llevar a la muerte a caballito para pisar tierra por fin. Aun así, no hiciste nada llamativo, aparte de mostrar con el dedo índice y el pulgar el grosor de la última chuleta que te comiste. No dejaste de ir a trabajar, se te iban los días entre papeles y bancos y, al caer la noche, te metías en tu madriguera a fabricar muebles para los tuyos. Esperaste a la muerte como el turno en la carnicería, y cuando esta llegó por fin te acercaste al mostrador y miraste al carnicero a los ojos por primera vez.

IV

8 de noviembre de 2019

Arrate ha traído del garaje cartas que al parecer papá escribió a mamá desde la mili; son dos manojos sujetos con gomas, «estoy segura de que las dejó ahí para que las encontráramos». Me enseña una foto de la mesa de trabajo de papá, para explicarme dónde estaban exactamente. Todo estaba dispuesto para volver al día siguiente: planos de proyectos con los nombres de «Arrate» y «Eider», un paquete de chicles, lápices y minas en un tarro de cristal, la ropa de faena colgada en el respaldo de la silla, un transistor con la antena desplegada…

La primera es de febrero de 1976, tenía veinte años. Todas están escritas por papá, pero faltan las respuestas de mamá. Arrate está conmocionada. Molesta, me cuenta que cuando ha informado a mamá del hallazgo esta no ha mostrado demasiado interés. Arrate me ha leído fragmentos, pero yo tampoco siento nada, no puedo concentrarme, tampoco abandonarme, quizá por miedo a saber más de lo que sé.

Le he preguntado si puedo quedármelas, que quiero leerlas a solas.

Son diecisiete en total. En la parte frontal, debajo de la mirada del dictador, el nombre de mamá y su antigua dirección, a veces precedido de un «Señorita». En la parte trasera, el nombre y el apellido de papá; a veces la nota del cartero: «Indicar dirección».

De golpe, me cuesta comprender a quién pertenecen, si al remitente o a la receptora, al que las ha guardado con esmero durante todo este tiempo o, por el contrario, a quien ni siquiera sabía dónde estaban.

[Primer manojo:]

22 de febrero de 1976

Hola, cariño:

Hoy es sábado y te escribo una carta* y no te llamo por teléfono como es mi ilusión porque estoy de servicios varios y eso quiere decir que no puedo salir a la calle hasta mañana a la tarde, pero ya no podría llamarte. Te voy a dar una mala noticia: la jura de bandera es el día 14 de marzo y después vamos a Ceuta directamente. El primer permiso que nos dan es de un mes en julio, salvo nueva orden. Cuando nos lo han dicho, a mí me han dejado destrozado, igual que te habrá dejado a ti cuando te hayas enterado. Esto se está poniendo cada vez peor y más aburrido. En pocas palabras: estoy hasta los cojones de la mili. Espero que ahora vayas recibiendo mejor las cartas, porque si no estamos apañados. He recibido ya dos cartas de Lisardo, pero de Navarro no he recibido todavía ninguna. En tu última carta me dices que hace dos semanas que no ves a Juantxo, espero que no le haya pasado nada.

Esta semana he tenido un follón con un cabo de mi compañía, y le prometí cuatro hostias cuando le viese de paisano. Yo no sabía de dónde era y él tampoco sabía de dónde era yo, pero cuando se enteró de que era

---

* Tiene una hermosa caligrafía: las letras descansan sobre el espacio de la derecha, encima de las íes, en vez de puntos, dibuja círculos burbujeantes llenos de vitalidad, las letras con barriga tienen huecos como para rellenarlas de cualquier cosa tanto por arriba como por debajo, las diagonales de las letras f y t son largas y con carácter, pero sin llegar a ser agresivas; se ve que todo estaba por construir.

Tiene una buena sintaxis, la unión entre frases y párrafos es transparente, y también me sorprende la puntuación, ese elemento que en ocasiones me sirve para adentrarme en el interior de mis alumnos: puedo oír su respiración, porque es un chaval que escribe como respira, poniendo puntos y comas donde es necesario, un elemento poco común hoy en día.

El problema, por lo tanto, es de contenido.

de Guipúzcoa se ha hecho muy amigo mío. Es de Basauri y vive en Elorrio, también es vasco. Bueno, chavala, ya te he metido mucho la paliza sobre mí, prefiero hablar contigo como si estuviésemos juntos sin nada de mili. Por lo que me dices en tus cartas, veo que no te lo pasas muy bien los domingos, pero eso no creo que sea del todo verdad, porque tú también te divertirás dentro de lo que cabe, como yo. Lo que no me gusta es que porque yo esté aquí tú no te lo puedas pasar bien. Tienes que intentar pasártelo lo mejor posible, y sé que lo puedes hacer. Hazme caso y diviértete, porque si no lo vas a pasar muy mal. El próximo domingo, si salgo, ya te llamaré por teléfono, pero no es seguro. Bueno, por ahora ya vale de rollo. Te mando un [unos labios] muy gordo. Hasta pronto,

28 de marzo de 1976

Hola, Ana:

Como ves, una vez recibo tu carta me pongo enseguida a escribirte unas líneas.

No hay nada nuevo que contar desde la anterior carta a esta, porque esto es de lo más aburrido. No te dije nada de las comidas, y es que, como en este cuartel se hacen muchos ejercicios, nos tienen que alimentar bien y por eso mismo nos dan de comer bastante.

Ayer salieron con 14 días de permiso todos los casados, porque por lo visto tienen prioridad en todo, aquí en el cuartel. Supongo que te habrás enterado de que a todos los casados con un hijo les mandan a hacer la mili al cuartel más cercano a casa.

De todas formas, me las estoy arreglando bastante bien porque voy conociendo poco a poco todos los txokos que hay para escaparse. Solemos estar oyendo música o jugando a las cartas en vez de estar haciendo teórica o de ir a misa.

No me acordaba de la boda de tu hermano y por eso no pude felicitarle, pero aunque sea ahora les das mis felicitaciones. No me extraña que te agarraras un pedo,* porque estabas con la Trini.

---

* Según el relato familiar, aquella fue la primera y única vez que mi madre se emborrachó.

170

*Hoy que es domingo saldré a la tarde a dar una vuelta por Ceuta,
aunque no merece la pena, porque es un pueblo pequeño y no puedes
salir de él por ningún lado. Por todas partes es frontera con Marruecos
menos por una, que es el mar. Cuando salgo solo bebo cerveza o
whisky,* porque es más barato que el vino. Lo más barato que hay por
aquí es el whisky, que vale 150 pesetas la botella de Johnnie Walker,
y los electrodomésticos (relojes, máquinas de fotos, radiocasetes...), que
están a precio de risa. La gente está comprando máquinas de fotos por
6.000 pesetas cuando en la península te valen 15.000 o 18.000.*

*Gracias por mandarme las señas de mi tía, porque así podré escribirle
esta semana. Me extraña que no hayan recibido ninguna carta en mi casa,
pues les escribí el mismo día que a ti. Es casi imposible hablar con ellos.*

*Me pones que estuviste en Larrún, pero no me dices con quién y
tampoco me dices si sigues en trato con mi cuadrilla. Espero que sí. Me
dicen que las fotos tardarán 25 días en estar reveladas, así que no sé cuándo podré mandártelas, aunque ya sé que prefieres verme en carne y hueso.*

*Bueno, tesoro, que sigas bien y verás cómo se pasa pronto el tiem-
po. Dale recuerdos a tu familia, y a ti no sé cómo expresarte mis salu-
dos. Pronto nos veremos. Hasta pronto o muchos besos,*

Juan Mari

*Nota: Hasta el lunes no puedo mandarte la carta porque no tengo
sellos. Si puedes, me mandas algunos sellos de tres y alguno que otro
de dos pesetas. Gracias.*

Ceuta, 29 de abril de 1976

¿Qué tal estás, chati?
*Ayer recibí tu carta en la que me cuentas cosas que me han dejado
tonto. Sabía que las cosas andaban mal por el pueblo, pero no creía que*

---

* Todavía no ocupa más que las grietas. Se hará camino silenciosamente,
abriendo galerías cada vez más grandes, ocupará los interiores, convocará a los
cauces subterráneos y terminará por resquebrajarlo todo. Hasta quedar empapadas no nos daremos cuenta de que lo que sentíamos era humedad.

*llegasen a tal extremo.** Respecto a lo que me preguntas de si abren las cartas te diré que sí, aunque no siempre, muchas veces.*

Dentro de lo que cabe, yo estoy bastante bien. El lunes empecé a escribirte una carta, pero no pude llegar ni siquiera a la mitad porque tuve servicio. Seguramente para cuando recibas esta carta ya te habrá contado mi madre, que por lo que veo sois muy amigas, todas las cosas que hemos hecho esta Semana Santa en dos pueblos de Córdoba. Lo que no le conté es que, al ir de un pueblo a otro a desfilar, el autobús se salió de la carretera en una curva y nos quedamos volcados. También en el barco nos

* No sé de qué habla. Puede que mamá le mencionara en su carta los estrechos controles y las detenciones de la policía en toda Guipúzcoa, y también en Rentería, para intentar dar con el empresario Ángel Berazadi, secuestrado por ETA el 18 de marzo, pero la reacción de papá me parece desmedida. El director de la empresa Sigma de Elgoibar fue secuestrado a las puertas de su fábrica y asesinado veinte días más tarde, el 8 de abril, en Barakaldo, pero cuando papá menciona «el pueblo» no se refiere al País Vasco en general, nunca lo llamó así, así que se refiere a Rentería, y entonces mi hipótesis no tendría sentido. A no ser que el secuestro del empresario vasco le desajustara la brújula al hijo de empresario que era mi padre, que hasta entonces sabía en qué lado de la barricada estaba, y de ahí la inquietud. Segunda hipótesis: al parecer, en la última carta mamá le ha preguntado si alguien lee su correspondencia. Un primo que era un poco mayor que papá estaba en ETA. Fue detenido dos años después. Es posible que mamá le dijera algo referente a él en clave, por ejemplo que había pasado a la clandestinidad, o que habían ido a por él, no lo sé. En los veinte años que su primo estuvo preso, papá nunca fue a verlo, tampoco le escribió, a pesar de que cada vez que contaba alguna anécdota sobre su niñez o su juventud, siempre se acordaba de él con cariño. La madre del preso y mi abuela solían estar siempre juntas, pero tampoco esta fue a visitarlo nunca, y tampoco lo hizo ninguno de mis tíos. Me lo encontré por la calle al poco de que saliera libre. Iba de ronda a rebufo de un grupo de personas que tampoco sé si alguna vez fueron a verlo. Nos quedamos mirándonos. Yo lo conocía a él gracias a la foto *de preso* que había visto aquí y allá en el pueblo. Antes de que se molestara, me presenté con una fórmula que poquísimas veces había usado antes: «Soy la hija de Juan Mari». Me dijo que me conocía gracias a la prensa, haciendo con el índice y el pulgar en el aire el gesto de escribir. Me pareció tímido. No teníamos nada más que decirnos, así que, aprovechando que uno de los hombres del grupo le silbó, se alejó balanceándose; hasta hoy.

pasó un caso curioso. *Y no pienses mal. Estábamos viendo cómo saltaban los delfines cuando de repente una inglesita se cayó desmayada y fuimos a levantarla entre otro de la escuadra y yo. La sentamos en una silla y vino un brigada también a ayudarla. Al poco rato tuvimos que ayudar también al brigada. Y es que la mar estaba bastante mala.*

Este domingo, para celebrar el día, hicimos una comida con alubias que trajo uno que vino de permiso. Nos salió muy bien, y para terminar bien del todo trajimos unas botellas de whisky y coñac. Luego seguimos la fiesta en la calle. Como el día era propicio para nosotros le dimos al chupe, y no veas cómo acabamos. A la noche no podía hacer la cama porque no me tenía en pie, y vinieron a ayudarme los otros, que estaban peor que yo. Imagínate el cuadro. Bueno, por fin la hicimos y me tumbé en ella, es la tercera litera. Me puse a ver la tele desde la cama y casi me caigo, porque me quedé dormido sentado.

Hoy me ha dado mucha pena que un grupo de gente que andaba con nosotros se haya ido. No volverán hasta el mes que viene.

El lunes recibí carta de mi casa y me contaron cómo se lo pasaron en Valencia; según me dicen, muy bien. A ver si así se deciden a salir más en verano, porque, como sabes, a mi madre le gusta mucho salir y hasta ahora no ha podido.

Les suelo escribir cartas a varios de la cuadrilla, y no me contestan más que Iñaki e Iraeta, que me mandó mil pesetas. Ayer recibí una carta de Pascual* y me estuve descojonando media hora de las chorra-

---

* Otro que era como él, pero que nunca renunció a beber en el centro. Cuando la mujer se divorció y la hija le retiró la palabra, siguió bebiendo, con luz y taquígrafos. Cuando coincidía con él en algún bar, lo observaba mientras bebía, a primera hora de la tarde acompañado y al anochecer ya solo, cómo se acercaba a molestar a conocidos, y cómo se iba al siguiente bar aún más inclinado de lo que había entrado. Agradecía a mi padre en silencio que bebiera en la periferia, con premeditación y clandestinamente. Pascual también fue muriendo a pedazos, físicamente: primero le amputaron una pierna, luego la otra, después murió. A veces veía por la calle a su hija, que era más o menos de mi edad; era de mirada humilde, cuerpo encorvado; yo había asumido el compromiso de saludarla siempre, de no abandonarla, de sujetarla a distancia, un pequeño y ridículo gesto de solidaridad que únicamente ella y yo comprendíamos.

das que decía. Me ponía que estuvieron en la Bastida en Semana Santa y se agarraron un pedo que no veas. En la procesión iba Pascual por detrás chillando «Viva la Macarena». Imagínate el cuadro.

Tesoro, el tiempo va pasando y pronto llegará el día que me toque ir de permiso, y tengo unos planes muy buenos para pasárnoslo bien.

Muchos besos,

Juan Mari

Nota: Si puedes, mándame una foto tuya en la que estés bien, porque en la que me mandaste no se te distingue.

Ceuta, 11 de mayo de 1976

Hola, cielo:

Otra vez te escribo aunque haya pocas cosas que contar, por no decir ninguna. Me pones que he salido muy mal en la foto, y es verdad. Estoy adelgazando y, aparte de todo, la foto está mal porque salió quemada y no se aprecia el colorido.

Ana, verás que poco a poco va pasando el tiempo y que solo faltan dos meses justos para que vaya por ahí. Además, de ahora en adelante se te pasará antes, porque empieza el buen tiempo y podrás ir a la playa como tanto te gusta. Espero que para cuando vaya seas una buena nadadora, para echarte carreras hasta la isla Santa Clara.

Date cuenta: diez cartas más y estoy contigo tomando unos potes y saliendo los domingos con Juantxo, como hacíamos antes. Bueno, y muchas cosas buenas que haremos en Altamira, ¿eh? Ese mes lo vamos a disfrutar a tope yendo por todo Guipúzcoa de cena en cena y de diversión en diversión.

Bueno, amor mío, te voy a dejar, porque cuanto más te escribo más melancólico me pongo. Muchos besos, achuchones y más cosas que no quiero poner es lo que te mandaría en la carta, pero como no se puede, me conformaré con darte recuerdos.

Tu amor,

Juan Mari

Ceuta, 18 de mayo de 1976

Ayer recibí tu carta en la que me cuentas bastantes cosas, algo que yo no puedo hacer, puesto que aquí no sucede nunca nada. Me dices que Maribel ha perdido el niño. Habrá sido un golpe para ella.

El domingo pasado estuvimos en las rocas bañándonos y pescando y el agua estaba muy buena. Había cantidad de medusas, pero anduvimos con un poco de cuidado y no pasó nada. El resto de los días solemos estar como siempre. Por la tarde nos juntamos una buena cuadrilla y merendamos.

Cuando vaya de permiso lo primero que voy a hacer va a ser comprar unas botellas de sidra para traerlas aquí, porque echo mucho de menos unos buenos tragos.

Me fastidia mucho también que todo el mundo haya tenido días de permiso menos nosotros.

Bueno, chavala, te voy a dejar hasta dentro de poco que te escribiré otra vez. Muchos besos y un abrazo,

Juan Mari

Ceuta, 12 de junio de 1976

Hola, hermosa:

Lo primero que tengo que decirte es que no te he escrito antes porque hemos estado de maniobras.

Por de pronto te diré que estos días lo hemos pasado de cine. A mí me tocó ir en la sección de reconocimiento como chófer de un Land Rover. La comida la hacíamos nosotros, la tienda la montábamos donde nos daba la gana... Total, que a nuestro aire. La verdad es que a gusto me habría quedado en el monte hasta el permiso, a pesar de las dificultades que hay para algunas cosas, como por ejemplo el agua, que por aquí no abunda y había que andar un kilómetro cada vez que la necesitabas.

Te agradezco mucho el dinero* que me mandaste, la verdad es que me ha servido de mucho.

---

* Me sorprende leer que es mi madre quien facilita dinero a mi padre, viniendo ella de una familia humilde y él de una familia pudiente. Más de una vez he tenido la duda, escondida en algún pliegue de mi cuerpo, que susurraba

Hoy se han marchado licenciados los de abril, y entre ellos va uno de Rentería. Me daba mucha envidia verles vestidos de paisano y no con esta mierda de ropa.

Bueno, encanto, dirás qué vaya cara tengo porque te escribo poco, pero es que no me gusta escribir y además no se me ocurre nada que poner.

Pronto, cada vez más pronto, estaré contigo en el pueblo. Cuando te agarre, verás. Muchos besos,

Juan Mari

Ceuta, 5 de julio de 1976

Hola, pichón:

Solo te voy a escribir cuatro letras para decirte algo que seguramente te gustará. Voy de permiso antes de lo que creía: llegaré el lunes día 12 por la noche o el 13 por la mañana. Vete preparándote, que voy en plan salvaje. Algún día de los de permiso, y espero que no te enfades, no podré estar contigo, porque hemos preparado una buena farra los que nos vamos ahora, espero que lo comprendas.

Otra cosa que te gustará es que vamos para 34 días en vez de para 30, como han hecho otros. Es poca la diferencia, pero más vale poco que nada.

Muchísimos besos de tu pichón,

Juan Mari

Ceuta, 18 de agosto de 1976

Hola, preciosa:

Como verás, te prometí escribirte para el sábado y lo he cumplido. El viaje fue de un cabreo de puta madre. Total, que para olvidarnos un poco nos agarramos una tajada que no veas. Pero luego se pasó el efecto y fue peor, porque aparte del mal cuerpo que teníamos, la quemada era peor, porque nos encontrábamos en este puto rincón que es Ceuta.

---

si no habría sido el matrimonio una trampa de mamá para ascender en la escala social. Y yo, el yugo con olor a talco que les permitió seguir adelante sin mirar a los lados.

Con el agua andamos por un estilo. Hay un poco más que antes, pero no es suficiente.

Respecto a la comida, te lo puedes imaginar. Es tan buena que hoy, que es martes, todavía, no la he probado desde que llegamos.

El domingo nos fuimos a las rocas a pegarnos un buen baño, que nos sentó de maravilla. Pero después del baño nos tumbamos en las rocas y eso fue lo peor, porque pensaba en lo bien que había estado ese mes y que ahora me tenía que tirar siete aquí para poder volver a verte.

Siento que la víspera de irme no hubiésemos ido a cenar, pero a mí ni se me ocurrió, y me di cuenta de que tú tenías ganas, puesto que cuando lo dijo Juantxo te lo noté en la cara. Perdóname.*

Los Suquía todavía no han venido a buscarme al cuartel, como me prometieron. Me extraña, pero es posible que no vengan, porque hablar es fácil pero cumplir no lo es tanto.

No sé qué me pasa, pero estos días no puedo ni dormir pensando en ti. Quizá sea porque te acabo de dejar después de un mes, o no sé por qué si no.

La cuestión es que estoy amargado como nunca lo he estado.

Bueno, amor mío, te dejo por esta vez esperando tu contestación para poder escribirte de nuevo.

Besos en cantidades y un fuerte achuchón.

Te quiero,

Juan Mari

[Dos postales dentro de un sobre, con fecha del 5 de septiembre de 1976. En la primera, la foto del interior de una cueva, iluminada, rebosante de estalactitas. Detrás está escrito «Cueva de Nerja (Málaga)», y debajo «Sala de los fantasmas». En la segunda, un camino imposible que une dos montañas].

(1/2) Te escribo desde Nerja, un pueblo de Málaga que hemos venido a ver este fin de semana. Nos han dado pase a tres y nos han dejado un coche. Lo estamos pasando divino. Hemos estado en Torre-

---

* *Sabe pedir perdón.*

molinos, Marbella... etc. Como no tenía ropa de paisano me la han tenido que prestar. (2/2) Hace media hora que he salido de ver las cuevas, que como podrás ver son una maravilla. Después iremos a Tibodi, que es un parque de atracciones y actúa Mari Trini. Por aquí hace un tiempo muy bueno y andamos todo el día en traje de baño. Como no hay más sitio, te escribiré una carta dentro de poco. Muchos besos de tu amor. Te quiero,

Juan Mari

Ceuta, 13 de septiembre de 1976

Hola, amor mío:

Otra vez estoy contigo. Espero que hayas recibido las dos postales que te mandé, yo por mi parte recibí las dos revistas de Punto y Hora, que, aunque un poco tarde, llegaron.

El otro día estuve hablando por teléfono con mi casa, cualquier día de estos te llamaré a ti. Seguramente te habrán dicho mis padres las intenciones que tenía para poder ir de permiso a la boda de Juantxo. Total, que todo salió mal porque era demasiado tarde para hacer el papeleo. Se trataba de que desde mi casa mandasen un escrito de alguna empresa conocida de mis padres diciendo que tenía que presentarme a unos exámenes para ascenso de empleo y así me darían quince días de permiso. Al final de la mili tengo que recuperarlos, pero no me importa. La cuestión es que se hizo demasiado tarde, y para cuando mis padres me mandasen ese papel, llegase aquí y lo llevasen a comandancia para el visto bueno del general sería día 20 como muy pronto, y la boda de Juantxo y de Kontxi es el 18. Quizá más adelante haga eso y aparezca por el pueblo. Dios dirá si me sale bien.

Me he enterado por un periódico de lo que ha pasado en Fuenterrabía,* y desde luego no tienen perdón.

---

* Publicado en El País por Jesús Ceberio, el 10 de septiembre de 1976:

DIMITE EL AYUNTAMIENTO DE FUENTERRABÍA

El Ayuntamiento de la localidad guipuzcoana de Fuenterrabía dimitió ayer, en pleno, como respuesta a los incidentes ocurridos en la noche

El otro día me escribió Lisardo diciéndome que tenía un permiso de 55 días, el muy cabrón. Aquí todo el mundo tiene suerte menos yo. Hoy se han marchado licenciados los de julio. Me han dejado más quemado que antes, porque se ha ido gente que seguramente no volveré a ver más y que ha estado conmigo seis meses.

del miércoles, en los que resultó muerta una persona y al menos otras dos heridas de bala, por disparos de la Guardia Civil, al disolver una pequeña manifestación, en una zona muy concurrida por el vecindario con ocasión de las fiestas patronales. En previsión de posibles alteraciones del orden público, había corrido la voz de que hacia las nueve de la noche iba a celebrarse una manifestación. Las fuerzas del orden permanecían acuarteladas o vigilaban a cierta distancia el recorrido del Alarde. Nada hacía presagiar, a lo largo del miércoles, el dramático final que tendría lugar el día grande de las fiestas de Fuenterrabía.

[...]

A eso de las nueve de la noche y de acuerdo con la convocatoria antes citada, varios centenares de personas se manifestaron en el barrio de la Marina, eje central de las fiestas, pidiendo la libertad de Pertur y la amnistía total. La manifestación se disolvería un cuarto de hora más tarde, después de recorrer la calle San Pedro, abarrotada de público a esa hora.

En torno a las diez menos cuarto de la noche, miembros de la Brigada Antidisturbios recorrieron la calle San Pedro desplegados por la calzada y sin efectuar cargas. A su paso, gran parte del público que abarrotaba la calle optó por encerrarse en los bares que jalonan ambas aceras.

Las fuerzas del orden permanecieron luego estacionadas en una bocacalle, reforzadas ahora por varios jeeps de la Guardia Civil. Pasadas ya las diez de la noche, una mujer en aparente estado de embriaguez protagonizó un incidente con la Policía Armada en las cercanías del bar Yola. Grupos de personas se arremolinaron en torno a las fuerzas de orden público, que con ayuda de un megáfono les conminaron a disolverse, lanzando seguidamente varias bombas de gas lacrimógeno y disparando balas de goma.

El grupo, compuesto por algo más de un centenar de personas, regresó de nuevo a la calle San Pedro, donde formó una barricada con

Bueno, chavala, en este momento no se me ocurre nada más que contarte.

Espero que te lo pases bien en la boda.

Pronto llegará también la nuestra, y seremos tan felices como el que más. Ya lo verás. Jamás te olvido, mi vida. Muchísimos besos de este que te quiere mucho, mucho,

Juan Mari

---

ayuda de vallas metálicas que serían retiradas poco después. A la vista del cariz que tomaban los acontecimientos, muchos de los participantes en la fiesta abandonaron la calle.

Mientras los manifestantes retrocedían, fuerzas de la Guardia Civil penetraron en la calle San Pedro a través de un callejón lateral y cargaron repetidamente. Entre insultos y forcejeos cuerpo a cuerpo, parece ser que algún guardia civil fue golpeado con una silla. En medio de esta confusión, otro guardia civil efectuó dos disparos contra el joven de veintidós años Jesús María Zabala Erasun, que quedó tendido en el suelo con dos boquetes en el pecho. Dos médicos, los señores Esnal y Campo, le acompañaron primero hasta la clínica de la Cruz Roja de Irún y luego a la Ciudad Sanitaria de San Sebastián, donde ingresó cadáver. Jesús María Zabala había nacido en Irún y trabajaba como delineante en la empresa Laminaciones de Lesaca, SA.

Pierde un ojo
El joven cayó justamente a la entrada de un callejón, a escasos metros de la galería de arte Txantxangorri, situada en la calle San Pedro. Junto a él, al menos otras dos personas recibieron también impactos de bala. A los pocos minutos de conocerse la noticia de su muerte, en el lugar en el que había caído, sus amigos colocaron la boina roja que había llevado en el Alarde, varias velas, una ikurriña y claveles rojos.

En el transcurso de los incidentes, más de una docena de personas resultaron contusionadas y un manifestante perdió la vista de un ojo a consecuencia del impacto de una bala de goma. El que fuera jugador del Real Madrid, Gabriel Alonso, y hoy jefe regional del Partido Carlista de Castilla la Nueva, cuando pedía a las fuerzas del orden que no disparasen con fuego real recibió asimismo repetidos golpes en la cara, por los que tuvo que ser atendido en la clínica donostiarra San Antonio, cuando pedía a las fuerzas del orden que no disparasen con fuego real.

16 de noviembre de 2019
Ayer enterramos las cenizas de papá a los pies de un roble, en
el jardín de casa. Yo hubiese preferido una magnolia grandi-
flora, pero mamá y Arrate querían un roble; para mí necesitaba flores; para mamá y Arrate, fuerza. Le encantaban las
plantas, aunque nunca mostró interés alguno por los montes

Todos los bares de la zona cerraban en señal de duelo y el pueblo
entero terminaba de luto una jornada que había empezado en fiesta.

[...]

Crespones y pleno municipal
Multitud de balcones amanecieron ayer con colgaduras blancas y crespones negros. Sobre el lugar en el que había caído muerto Jesús María
Zabala, se improvisó un túmulo, con una ikurriña de fondo, donde se
rezó un responso a las 10.30 de la mañana.

[...]

Violencia ante el túmulo
Centenares de personas se congregaron, alrededor de las seis de la
tarde, en la calle San Pedro, en el mismo escenario de los sucesos del
día anterior. Cerca de las siete de la tarde hicieron acto de presencia
fuerzas de la Policía Armada que disolvieron a los reunidos disparando
balas de goma. En el transcurso de los incidentes numerosas personas
resultaron contusionadas. A pesar de la violencia con que fue reprimi-
da la manifestación, un pequeño grupo de diez personas, entre las que
figuraba el escultor Eduardo Chillida, permaneció inmóvil ante el túmulo que recordaba al fallecido. Algunos miembros de la fuerza públi-
ca deshicieron el túmulo sin que por ello se disgregase el pequeño
grupo. Sus componentes comenzaban a rehacerlo cuando la alcaldesa
de la población se dirigió a quienes mandaban a las fuerzas, pidiéndo-
les que no cargasen contra la población. Estos le contestaron que daban
un plazo de tiempo para que los reunidos se disolvieran y, dirigiéndo-
se directamente al grupo que permanecía ante el túmulo, les dijeron
que sentían su dolor pero que abandonasen el lugar porque constituían
una invitación a que las demás personas continuasen en las inmedia-
ciones. Poco después de las 8.15 de la tarde, se restablecía la calma en
el barrio marinero de Fuenterrabía.

o los bosques. Fui yo la encargada de comprar el roble. El vendedor, de origen magrebí, me ofreció uno americano y otro «de aquí». No tuve duda a la hora de elegir el de aquí. Sé que el concepto «de aquí» no significa lo mismo para mi padre, para el vendedor y para mí. Pero no vamos a ponernos quisquillosas por un deíctico que a menudo ha sido origen de guerras: aquí, ayer, nosotros. A estas alturas ya he aceptado que las palabras sirven para poco a la hora de expresar todo lo relacionado con mi padre: me acerco con torpeza y, en el mismo instante en que pienso que podré apresar lo que siento, ocurre el desastre, las palabras se esfuman y las frases se desmoronan.

Escribo para poder seguir acariciándole, consciente de que no llegaré más lejos.

Antes de que anocheciera nos reunimos mamá, Arrate, Carlos, Lander, los niños y yo. Lander puso «Hoy no quiero estar lejos de la casa y el árbol» de Silvio mientras cavábamos el agujero donde introducir el árbol y las cenizas.

Hacía un tiempo de perros y las cenizas se encharcaron rápidamente, hasta parecer nieve sucia. Creo que la parte blanca de las cenizas es calcio. Dicen que el calcio llegó a la Tierra a través de la explosión de unas estrellas. Hace mucho tiempo que no me tomo un tiempo para observarlas.

He visto a papá desaparecer sin hacer ruido.

En el limpiaparabrisas del coche encuentro la tarjeta —repleta de faltas ortográficas— de un médium que comienza anunciando que la muerte no existe, que no es más que un invento de los humanos.

Aún lo puedo ver en sus últimos días en el hospital, buscando mi beso como una anémona nadando con la corriente. Me veo a mí misma en aquella habitación, avara y mezquina, mercadeando aún con los besos. Veo que fue mucho más que un simple bebedor. Veo que nunca me abrazó, que nunca me arregló el cuello de la camisa, ni me quitó una pestaña de la mejilla, ni me curó una herida, que nunca tuvimos una conversación, ni una sola. Veo que él vendía material para construir casas, pero que convertir una casa en un hogar ya es cosa de cada uno. Inesperadamente, le doy las gracias.

Hemos guardado un puñado de cenizas para esparcirlas en Benicàssim. Me ha parecido que, según el ángulo con que les da la luz, brillan. He metido las manos en ellas y luego me he comido una naranja. Después me he chupado los dedos, introduciendo la lengua entre las uñas y las yemas de los dedos. Mi padre es salado y agrio. Ahora está dentro de mí, igual que una vez yo estuve dentro de él.

21 de enero de 2020

Han sido las primeras navidades sin papá, a pesar de que, aunque la frase sería gramaticalmente correcta, no podría decir que antes las navidades fueran *con él*. Aunque respiraba, no estaba. Siempre fue el primero en retirarse. Comía las uvas antes o después de las campanadas, nunca durante. Los últimos años, al menos, no se sentó borracho a la mesa. Cuando estaba bebido las navidades eran especialmente tristes; las de después, también.

Solo ahora me doy cuenta de hasta qué punto fue un hombre deshecho. Yo no fui capaz de aliviar aquel dolor, ni con mi nacimiento, ni con mi existencia, ni con mis hijos.

Mamá está bien. Está viviendo la vida que nunca tuvo. Dentro de poco viajará a Sicilia, después a Sevilla y más tarde a Salou, con el grupo de amigas que hizo después de jubilarse. Señoras, casi todas viudas, muy locas. Me hace reír contándome las burradas que dicen. Está construyendo una nueva identidad junto a ellas: valiente, directa, descarada, divertida, alegre. No creí que aún fuera posible. No quiere estar en casa, así que casi todos los días come y cena fuera.

La muerte de papá nos ha acercado.

27 de enero de 2020

Seguir regando sus plantas, ofrecer a las que empujan con sus raíces un lugar más amplio, quitarles las hojas secas, abonarlas… todo es una manera de seguir siendo la ventrílocua de papá.

Le he perdido el miedo a la muerte. Literalmente, no pasa nada. Su muerte no ha cambiado el mundo, tampoco el mío, al menos no más que un nacimiento, una enfermedad, un divorcio, un nuevo trabajo (o que te echen del viejo), una nueva afición, una nueva adicción, una mudanza, o la simple evolución de la tecnología. No cambia nada, y eso sí que da miedo.

30 de enero de 2020

Pensar en la posibilidad de que el roble no vaya a enraizar me inquieta.

28 de marzo de 2020

Han pasado dos semanas desde que estamos encerrados en casa por culpa del coronavirus. Sufriría mucho si papá estuviera vivo, porque tendría muchísimas posibilidades de enfermar y morir en malas condiciones.

El cerezo está rebosante de flores a medio abrir, lo veo desde la ventana del dormitorio. Pronto estará totalmente blanco y despertarse será como estar en Japón.

El roble de papá está lleno de brotes. Tengo ganas de que se abran por fin. Las hojas nuevas son de color verde claro.

Le echo de menos, no sé por qué y no sé cómo. Nunca nadie me querrá ni me protegerá tan incondicionalmente como él.

He grabado un vídeo del árbol y se lo he mandado a mamá y a Arrate. Arrate ha enviado un corazón roto desde México. Mamá ha llorado. Ahora siempre pone fotos de papá en el perfil de WhatsApp. Me ha pedido que el viernes ponga flores al lado del roble, porque es el día de su cumpleaños. No sé cuántos años hubiera cumplido, nunca recordaba su edad, solo conté los años a partir del momento en que dejó de beber.

No echo de menos su cuerpo.

30 de marzo de 2020

Hay un bosque a cinco minutos de casa. Curiosamente, no lo conocía, siempre voy a pasear en el otro sentido, hacia la playa. Ahora, al no poder alejarnos de casa, vamos al bosque. Hoy he ido sola, a las ocho de la mañana. No había nadie. Así como en la playa no me importa hacerlo, no me gusta andar sola por el monte. En cuanto oigo algún ruido, me paro a buscar su origen; no sé si es una ardilla, un mirlo o una lagartija. Me quedo en medio del camino durante un buen rato, convencida de que en eso consiste realmente la paciencia, pero tengo prisa por saber qué es, cómo se llama, cuál será su comportamiento. No sé nombrar las formas que adquiere la tierra ni tampoco los árboles, las flores, los pájaros, los parásitos, los hongos ni las plantas. Todavía necesito las palabras para aferrarme al mundo, para crear un vínculo con él. Hago metáforas facilonas con las raíces que sobresalen de la tierra o con los puestos de caza; intento entender, cuando realmente no hay nada que entender. Me agacho y observo las pequeñas flores de color índigo, quiero vampirizar su belleza, maquino cómo reunirlas en un ramo pero me doy cuenta de que solo son hermosas en el caos, que no han nacido para ser adorno en casa de nadie, que no todo es algo aparte de lo que es. No hay enseñanza, no hay misterio, es solo un pequeño bosque cuya existencia desconocía, que siempre ha estado cerca de casa y en cuyo interior solo soy una bestia más.

6 de abril de 2020

Me ha llamado la prima Maite, agitada, para contarme que les han dicho a los empleados que van a vender la tienda. Mamá está de vacaciones con las amigas, así que hemos decidido no decirle nada hasta que vuelva. He sentido un pinchazo en el brazo, una flecha. También ella estaba llorando.

8 de abril de 2020

Cuarta semana de confinamiento. Estamos bien.

Estando Peru enfrente de casa de los vecinos, Annie le ha pedido ayuda: Jean-Luc se ha caído y necesitaba ayuda para levantarlo. Peru ha corrido a avisarme y he ido a su casa. No es la primera vez. Estaba completamente borracho. Lo he encontrado tirado al lado de una palmera.

«Le pasa porque está viejo y gordo —ha dicho Annie—. Se empeña en hacer trabajos de bricolaje, y no se da cuenta de que ya no puede».

Jean-Luc me ha sonreído, aunque no sé si me ha reconocido.

«Me voy a divorciar… a pesar de que no estamos casados. Me tiene harta, que le cuiden sus hijas».

Le he ayudado a levantarse. Tiene toda la parte trasera del cuerpo embadurnada de barro, hojas y hierbas colgando de su melena blanca. A pesar de rondar los cien kilos, se ha levantado con bastante agilidad. Nos hemos dirigido hacia su habitación, atravesando de punta a punta la laberíntica casa con aspecto de bazar árabe: kilims, ánforas, cojines con espejitos, fotos por todas partes, objetos de fantasía…

«A mí en la tele me gusta ver programas intelectuales como este, pero al *señor*…».

En el dormitorio, el televisor está encendido a un volumen demasiado alto. Es un concurso de esos con ruleta en los que hay que acertar letras para formar palabras. Una cama blanca y grande, con un montón de colchas y mantas además de las sábanas, todas de color blanco o crema. Los cojines y la almohada también son del mismo tono. He contado hasta ocho ceniceros llenos de colillas, al lado de algunos hay paquetes de tabaco, quizá vacíos o quizá no.

Aunque sé que Annie estaba avergonzada, yo me he sentido feliz mientras le sacudía a Jean-Luc las hojas, lo adecentaba y lo ayudaba a sentarse en la cama. Felicidad cuando se ha sujetado a mi cuello para no caerse de espaldas. Felicidad cuando le he quitado los zapatos. Porque necesitaba ayuda, porque podía dársela. Nunca lo había hecho con papá, y no por falta de oportunidades. Cuando se ha tumbado en la cama con su jersey Lacoste y su pantalón de pinzas, le he acariciado la melena. Él ha intentado tocar mi mano, pero se ha perdido por el camino y ha acabado tocándose la frente.

He encontrado a Annie en la cocina. Habla susurrando y eso te obliga a acercarte mucho a ella y a su secreto infinito. Además, desde que, hace dos años, sufrió un ictus habla de forma desordenada. Hay que estar muy atenta para seguirle el hilo, y antes de que te des cuenta es tal la cercanía y la concentración que acabas atrapada en su universo. Me ha ofrecido una taza de té.

«Quizá alguna vez te haya contado que soy una *pied-noir*. Pues a mí este confinamiento me asusta más que la guerra de Argel. En la guerra sabías quién era el enemigo, pero aquí y ahora no lo sabes, no es nadie o, lo que es peor, lo son todos».

Tiene los ojos verdes y es realmente guapa, con un moño atravesado por varias horquillas; podría ser actriz, pero fue oculista hasta que hace pocos años se jubiló.

«Una vez mi padre nos iba a llevar a la playa, a mí y a mis primas. Pero yo no fui porque tuve mi primera regla. Allí que se fueron tan felices y... ¡bum!, explotó una granada que estaba bajo la arena. No le pasó nada a nadie, pero a mí menos: la regla me salvó».

«Llámame cuando quieras», le he dicho.

Estoy deseosa de ayudar, de estar con papá.

Antes de salir me ha ofrecido unos pomelos de su árbol. Ha traído una pértiga con gancho. Se ha quedado mirándome fijamente mientras me contaba que ella los echa en la ensalada, que cuesta trabajo deshacerse de la membrana que queda entre la piel y la pulpa, pero que es una tarea ideal para trabajar la paciencia, mejor que colorear mandalas, que ella ya no es una niña, que no le gusta que las modas pretendan infantilizarla, a la mierda los lápices de colores y la gente que no quiere salirse de la raya.

He vuelto a casa con una docena de pomelos.

4 de agosto de 2020

He soñado con el garaje de la tienda. A lo mejor tendría que ir allí en busca de algo. Su olor, el polvo, la oscuridad, el desorden, el montón de escombros, el taller… como si todo aquello quisiera hablarme. Aquel era el verdadero territorio de papa, allí es donde era libre.

Me he acercado a su roble, pero no se me ocurre nada que decir. Victor Hugo hacía veladas de espiritismo con su hijo Charles como médium. A través de una «mesa parlante» hablaba con Shakespeare, con Platón y con Molière, apuntaba lo que le decían, y esas palabras han llegado hasta nuestros días.

Hugo creía en los espíritus, los inventores de la democracia poseían esclavos, los revolucionarios que clamaban a favor de la libertad y de la igualdad solo se acordaban de los hombres. ¿De qué se avergonzará nuestra generación? ¿De haber creído en la trascendencia? ¿En el amor? ¿De no haber creído en lo colectivo? ¿En la solidaridad? ¿De no haber sentido vergüenza por nada?

10 de agosto de 2020

Estudió con los curas; con los «cuervos», solía decir. Lo maltrataron, los odiaba. Aun así, llevaba una cruz y una imagen de la virgen colgados del cuello. Hace no mucho, le regaló uno de los dos colgantes a su madre. El día que ella murió quiso recuperarlo, pero ya no lo llevaba. Papá estaba convencido de que se lo había guardado Diana, la cuidadora de la abuela, y así se lo dijo. Ella le contestó que no sabía dónde estaba, que a la abuela se le habría escurrido y caído por el váter una de las tantas veces que vomitó. Al día siguiente, tras el funeral, Diana ofreció sus servicios entre los reunidos alrededor de la iglesia. A mi padre eso le enfadó aún más: «Ha estado ofreciéndose para trabajar estando el cuerpo de mi madre todavía caliente».

«Es su trabajo», le dije sin poder controlar la rabia que me provocaba que su machismo y su xenofobia me explotaran en la cara.

«¿Robar también es parte de su trabajo?».

Aquel día no volvimos a dirigirnos la palabra. Arreglábamos con silencio lo que no podíamos solucionar con palabras.

13 de agosto de 2020

He comido con Zaloa, hacía tiempo que no la veía. Después hemos tomado algo en el café Botánica. Le he dicho que quiero escribir sobre mi padre. También su padre era alcohólico, pero, al igual que yo, nunca habla de ello. El proceso de su padre fue parecido al del nuestro: estaba operado de varices esofágicas y tuvo un ictus estando de vacaciones en Noruega.

«Eso que quieres hacer es memoria histórica», me ha dicho.

Siempre es interesante hablar con ella, porque es muy lista y está muy loca.

Me ha contado que en la URSS, después de la caída de Gorbachov, se disparó el consumo de vodka, que cada droga tiene identidad propia, su propia historia.

Al volver de Noruega, el médico le dijo a su padre que tenía que elegir: alcohol o familia.

«No me pareció una dicotomía adecuada, no es cuestión de tener que elegir».

Yo le he respondido que sí lo es, que su padre eligió el alcohol, al igual que el mío.

(Todavía no le he perdonado, me doy cuenta).

Nos hemos quedado en silencio mirando las plantas que hay por todos los rincones de la cafetería. Es necesario que en una ciudad tan repelente como Donostia haya plantas que crezcan sin orden.

«La historia tiene una parte de culpa, y la voluntad, otra», hemos convenido.

He conocido a padres que han dejado de beber. Sus hijas no valían más que yo, o incluso menos. He visto a algunas de ellas paseando con sus padres exalcohólicos, charlando por la calle, colgadas obscenamente de sus brazos, esas hijas feas, más feas que yo, esas hijas mermadas, domésticas, que a ojos de sus padres merecían más que yo, que merecían más que yo.

14 de agosto de 2020
Mamá junto a sus amigas viudas en una terraza, hablando sobre sus maridos muertos. Una de ellas dice que su marido era «buena persona». Mamá no cree en la bondad, muchas veces me ha dicho que no existe, desde que era pequeña se lo he oído decir, que pretender ser buena persona es de tontos.
«También el mío era buena gente… Bueno, pero travieso».
Nunca ha hablado con sus amigas sobre la adicción de él. La versión oficial es que un ictus se lo llevó por delante. Cuando se siente generosa, achaca lo sucedido a «sus travesuras».
En esa respuesta se condensa todo el amor que había entre ellos, el misterio de la dependencia que habían desarrollado el uno hacia el otro y su complicidad. Cada cual escribe su propio relato, cada cual con sus eufemismos.

17 de agosto de 2020
Tenía que morir para que yo le quisiera, para que dejara salir el amor que sentía por él, porque una vez muerto ya no iba a traicionarme.

2 de septiembre de 2020
Esto no es escribir, esto es estar con él siendo otra.

Cumpleaños de Peru y Mikele. Si mi padre hubiera estado aquí, Mikele le hubiera abrazado fuerte, tanto que yo habría sentido ese abrazo a través del cuerpo de ella. Entre todos los regalos que ha traído, mamá también les ha dado un poema que le escribió papá siendo novios. Lo recita de memoria, aunque está escrito en el reverso de las postales que llevan el nombre de cada uno, con una caligrafía que tenía olvidada:

> *Si el mar fuera tinta*
> *y el cielo papel*
> *no sería suficiente*
> *para escribir mi querer.*

Por un momento he pensado que lo había escrito él. Después lo he metido en el buscador y he descubierto que un grupo llamado Faun hizo una canción de aires celtas con ese texto en 2002, pero no he encontrado el nombre del autor. No le he dicho nada a mamá, no quería defraudarla.

Me he acordado de los poemas que Peru y Mikele escribieron para sus abuelos en clase de francés. Les he pedido que los traigan. Conforme iban leyéndolos se los he traducido a mamá al castellano. Los ha escuchado con sorpresa, como si ella no mereciera nada parecido.

El primero es el que Peru escribió para su abuela, el segundo el que Mikele escribió para su abuelo:

POÈME SUR MA GRAND-MÈRE

> *Ma grand-mère, je l'aime beaucoup*
> *elle a les cheveux blonds comme un cheval*
> *elle a les yeux bleus comme un loup*
> *et quand elle me crie elle se sent mal.*

Ma grand-mère elle aime beaucoup la télévision
Des films de la Deuxième guerre mondiale.
Sa maison est comme un film d'action
et rester avec elle est géniale.

Ma grand-mère elle aime beaucoup nettoyer
pour que sa maison sente bon.
Quand elle meurt, elle devrait être sous terre
pour pouvoir aller comme une taupe au Japon.

MON GRAND-PÈRE

Mon grand-père il travaille dur
il aide a tout le monde
à toi aussi il va t'aider bien-sûr
mon grand-père aime les cheveux blonds.

Mon grand-père m'aide beaucoup
il est le seul qui me comprend
mon grand-père est comme un loup
il aime trop boire du cidre.

Mon grand-père, je l'aime fort
il me manque énormément.
Peut-être même s'il est mort
il continue à aimer la menthe.*

* «POEMA SOBRE MI ABUELA: A mi abuela yo la quiero mucho / Tiene el cabello rubio como un caballo / Tiene los ojos azules como un lobo / Y cuando me grita se siente fatal. // A mi abuela le encanta la televisión. / Las películas acerca de la Segunda Guerra Mundial. / Su casa es como una película de acción / Y estar con ella es genial. // A mi abuela le gusta mucho limpiar / para que su casa tenga buen olor. / Cuando muera debería estar bajo tierra / para poder ir como un topo hasta Japón».

«MI ABUELO: Mi abuelo trabaja duro. / Él ayuda a todo el mundo. / A ti también te ayudará, tenlo por seguro. / A mi abuelo le gusta el cabello rubio.

Yo nunca he escrito nada bonito sobre ellos, y lo más probable es que tampoco lo vaya a hacer.

Necesitaba un cuerpo de distancia para llegar a este punto.

10 de noviembre de 2020

La semana pasada, mientras buscaba un libro, encontré la foto de un padre al que no conocí o al que no recuerdo. Para entonces ya vivíamos en la casa de mi infancia, estamos sentados en el sofá, yo tendré cinco o seis años, aparezco movida; él quieto, mirándome, bellísimo.

La dejé en la estantería, y hoy he descubierto que realmente no me está mirando, que a pesar de que sus ojos me apuntan, no me ve.

[Segundo manojo:]

Ceuta, 2 de octubre de 1976

Hola, preciosa:

Otra vez estoy contigo. Hoy está cayendo en Ceuta más agua que nunca, parece que no va a parar nunca.

El domingo estuvimos tres amigos de pase de fin de semana en Málaga. El sábado fuimos a Torremolinos porque había verbenas; por cierto, una porquería. Eso sí, vimos más maricones que los que veré en toda mi vida. A la mañana siguiente, después de haber dormido en una pensión, nos fuimos a Torre del Mar, que está en el camino a Almería, y pasamos todo el día allí.

Después de comer se nos ocurrió alquilar unos caballos. Imagínate, era la primera vez. El hombre que nos los alquiló dijo que nos pondría un guía por si nos perdíamos o nos caíamos. Total, que al principio le

---

// Mi abuelo me ayuda mucho. / Es el único que me entiende. / Mi abuelo es como un lobo. / Le gusta demasiado beber sidra. // Adoro a mi abuelo. / Lo echo de menos muchísimo. / Quizá aun estando muerto / le siga gustando la menta».

hacíamos caso, pero luego, cuando aprendimos un poco, nos lanzába-
mos al galope y lo dejábamos atrás. Fue un rato cojonudo. Si algún
día vengo otra vez de permiso por aquí, pienso alquilar un caballo. Es
más fácil andar a galope, o sea, corriendo, que andar despacio, porque
vas dando botes, mientras que corriendo, sin querer, vas al ritmo del
galope.

En cuanto a ti, estoy esperando que me digas si te ha bajado eso o
*no. Espero que no sea nada, que sea solo una falta.**

Hace casi dos meses que estuve ahí de permiso. Eso ya sabes lo que
quiere decir. Solo me quedan cinco meses para terminar este puto rollo.

Te quiero y te deseo,

Juan Mari

7 de octubre de 1976

Hola, tesoro:

Ayer recibí tu carta con fecha del 28 de septiembre y, como verás,
ha llegado con bastante retraso. Hoy me pongo a escribirte unas líneas,
aunque sean pocas.

Estoy rebajado porque me torcí el tobillo, y esa es la razón por la
que no puedo salir a llamarte por teléfono.

De todas formas, te voy a dar el número del cuartel por si pasa algo
y tienes que llamarme: 956-511357. Si llamas, hazlo a las ocho de la
mañana y te dirán a qué hora puedes llamarme otra vez.

---

* Si no le hubiera permitido al desastre que tomara la palabra, si realmente fuera posible un relato cronológico, si el tiempo no fuera sino un artificio
más, este relato comenzaría aquí. Pero tú eres mi Dios creador y yo, de momento, solo una nota a pie de página. Nuestro momento de mayor intimidad
fue cuando permanecí dentro de ti a la espera, en el calor de tus testículos,
hasta que el Bendito Derrame me librara de vivir en aquel interior que se
volvía cada vez más inhóspito. Ya estoy ahí, una reservista esperando al ahora,
la niña peligrosa que fui, la mujer de mediana edad pretendidamente normal
que soy y la anciana latente que vive dentro de mí se balancean en la cuna de
tu escroto.

Sé que he estado ahí, en la calidez de tu cuerpo, protegida de la vida y de
la muerte, al igual que todos los bosques que se han quemado ante mis ojos
estuvieron una vez en el interior de una cerilla.

En tu carta me dices que te has hecho un análisis y ha sido positivo. Supongo que estarás segura de que es cierto. En parte, no me importa. Solo me importa el hecho de que yo estoy aquí y tú allí.* Aparte de eso está el problema que se nos plantea con el piso y demás cosas, puesto que no tenemos un duro.

Por mi parte, voy a hablar con el brigada de mi compañía a ver si me da un permiso, después de explicarle claramente lo que pasa.

Me dices que no le diga nada a nadie todavía porque no se nota. Yo estoy un poco confuso porque no sé cómo actuar desde aquí. Tú tendrías que decirme qué decir, qué hacemos y cuándo.

De todas formas, voy a ver si puedo salir a la calle el martes, que es fiesta, y te llamo por teléfono, para aclarar más las cosas, porque así por carta no puede ser.

También creo que podías comentar algo con Kontxi y Juantxo, quizá puedan ayudarte en algo.

Ayer recibí carta de ellos y me dicen que se lo están pasando de cine.

Bueno, chata, espero pronto noticias tuyas. Con mucho amor me despido,

Juan Mari

Ceuta, 15 de octubre de 1976

Hola, preciosa:

Espero que sigas bien y no te pase nada. Te lo digo porque he oído muchas cosas acerca de cómo está aquello y pienso que estará muy «gris».

En tu carta me pones los propósitos que tienes y que estás tomando algo para no tenerlo.** En principio pienso que es contraproducente y que puede ocasionarte algo en el cuerpo con el tiempo.

También pienso que si saliese bien estaría todo solucionado, pero no creo que sea la mejor forma. Otra cosa es que, si no resultase, quizá el crío no saliese bien y entonces sería peor.

---

* Que papá estuviera lejos no fue más que una premonición. ¿Y qué no es una premonición, si se sabe leer correctamente?

** La inercia de la vida nos salva casi siempre, sin que hagamos nada.

Por mi parte, ya te dije que no me importaba casarme después de haber hablado con nuestros padres. Ya sé que te parecerá un poco duro, pero veo que es la mejor solución. De todas formas, un día de estos, quizá antes de que recibas esta carta, te llamaré por teléfono para poder hablar más claro.

En cuanto a mí, creo que te dije que solíamos preparar unas meriendas con cosas que comprábamos. Bueno, pues me estoy poniendo hecho un cerdo. En estos momentos peso 82 kilos, mientras que antes pesaba 75 o 76. Si sigo así podría llegar hasta los 100 o 120 kilos.

Respecto a las cartas de mi casa, no sé si recibirán alguna, porque yo les escribo, pero lo que es yo no recibo más que de ciento en viento.

Voy a ver si puedo hablar con ellos el sábado o el domingo para ver qué es lo que les pasa.

Bueno, tesoro, te voy a dejar porque van a apagar las luces. Espero pronto noticias tuyas.

Te quiero muchísimo, más de lo que te crees. Un millón de besos y abrazos,

Juan Mari

Ceuta, 25 de octubre de 1976

¿Qué tal estás, primor?

Hoy lunes me pongo a escribirte unas líneas, aunque la verdad es que no hay nada que contar.

El sábado, poco después de haber hablado contigo, recibí la revista de Punto y Hora *que me mandaste. La he leído y está muy interesante. He podido comprobar que habéis pasado unos días «muy divertidos», aunque creo que se estará calmando poco a poco.*

Ayer estuve hablando con mi casa y dio la maldita casualidad de que se habían ido a la feria de muestras de Bilbao y solo estaba en casa Jesús Mari. Quería haberles contado lo nuestro, pero no hubo suerte.

Después llamé a casa de Kontxi y estaban Juantxo y ella comiendo allí. La primera que se puso fue Kontxi y no se creía que le estuviese hablando desde Ceuta. Se le metió en la cabeza que estaba en Rentería y que tenía que ir a verles. Ojalá fuese verdad. Luego estuve hablando con Juantxo y le noté un poco raro. La verdad es que parecía como enfadado. Le dije lo nuestro y no se lo creyó.

Respecto a lo nuestro, tengo que hablar con el capitán para pedirle permiso en el próximo mes, pero no creo que lo consiga, porque las plazas están ocupadas. Voy a hacer todo lo posible.

El problema de todo lo veo en el piso, de momento; quizá, más tarde podremos conseguirlo de alguna forma, ya veremos.

Pichón, te echo mucho en falta. Me gustaría estar ahí contigo. Verás que el tiempo va transcurriendo; lento, pero transcurre. Dentro de cuatro meses y pico estaré libre de este infierno.

Bueno, cielo, te voy a dejar porque voy a escribir también a casa.

Un fuerte abrazo y un beso o mil, es lo que más deseo en estos momentos.

Te quiero,

Juan Mari

Ceuta, 5 de noviembre de 1976

Hola, preciosa:

Antes de ayer recibí tu carta, y me has puesto bastante contento con lo que me cuentas. Veo que has estado cenando en casa de Juantxo y Kontxi y te lo has pasado muy bien, eso me alegra. Además, estoy contento de que se hayan portado bien contigo. Dile a Juantxo que por esta vez le he tomado la delantera y que nuestro hijo o hija le dará de hostias al que tengan ellos, puesto que será mayor.

En cuanto a mi casa, todavía no les he dicho nada, he llamado muchas veces para decírselo pero no los he encontrado en casa. Para una vez que les encontré, que fue el domingo, mi madre estaba muy preocupada porque mi hermano había tenido un accidente con el coche y mi tía estaba mal en la residencia.

Supongo que te habrás enterado de que ha muerto. Me afectó mucho cuando me lo dijo mi hermano. Ya sabes cómo era mi tía. Siempre haciendo bromas, riéndose… Lo he sentido mucho.

Mañana volveré a llamar y si tengo suerte les diré lo nuestro a mis padres. A ver qué pasa.

¿Qué tal estás tú? Estarás un poco más gorda que antes. Eso es

seguro. Espero ir este mes y solucionarlo todo aunque no sé la fecha, pero ten por seguro que iré.

Ana Mari, quizá sea mucho pedir, pero si puedes mándame algo de dinero y luego cuando vaya te lo doy. Es porque no quiero pedir a casa nada hasta que vaya allí.

Bueno, encanto, tesoro, cielito, y qué sé yo qué más decirte, muchísimos besos,

Juan Mari

Ceuta, 28 de diciembre de 1976

Hola, encanto:

Estos días son navidades y nosotros lo estamos pasando de puto culo. El día de Nochebuena estuvimos hasta las 02.30, en una de las dependencias del cuartel, todos los vascos juntos. Por poco nos meten en el calabozo por haber estado hasta esas horas. Fíjate, ni siquiera un día como este nos dejan en paz. Estoy hasta los cojones de todo esto.

Encima, para putearnos más, nos han dicho que nos licenciamos unos días más tarde que la fecha tope, porque tenemos que ir a unas maniobras cerca de Murcia.

En cuanto a ti, espero que sigas bien. En las cartas no me sueles comentar nada de eso. Espero que no te pase nada y cuando vuelva pueda achucharte más fuerte que nunca.

En mi casa no han comentado nada conmigo todavía. No sé si habréis hablado algo estos días o no. Creo que en tu próxima carta podrías contármelo.

¿Recibiste la felicitación que te mandé? No es que sea gran cosa, pero está hecha a mano por algunos de nosotros.

Parece ser que esta vez se te ha olvidado, o yo no he recibido el Punto y Hora último. Si es que no lo has mandado, es igual.

Bueno, chata, te voy a dejar, esperando que pases bien las fiestas y que pienses en mí. Te echo mucho de menos. Mil besos, preciosa.

Juanma

Nota: Te mando una foto en la que se puede apreciar la borrachera que tengo.

Ceuta, 21 de enero de 1977

Hola, encanto:

Antes de ayer recibí tu última carta y la revista Punto y Hora, *que, a decir verdad, cada vez trae menos cosas interesantes pero es lo único, prácticamente, que tenemos de allí.*

¿Te gustó el regalo que te mandé? No es gran cosa, pero cuando los vi me gustaron y te compré un par. No sé si se llevarán o no. Tú si quieres te los pones y si no los guardas.

Espero que a estas alturas ya habrás pensado el nombre que le vamos a poner, porque ya sabes que no hay problema con ningún nombre.* Si es que lo tienes pensado, me lo dices en la siguiente carta.

Hace unos días pedí a nuestro teniente un permiso de un mes para febrero, pero no me lo concedió, me dijo que ya estaban escogidos los que van a ir. Normal: como siempre, los pelotas de mierda. Algún día terminará la mili y entonces no necesitaré ningún permiso. Espero que ese día llegue pronto.

Te estoy escribiendo desde la casa del general, donde estoy de servicio y estoy helado de frío, porque cuando venía hacia aquí estaba lloviendo y tengo toda la ropa empapada. Encima entra un aire por la puerta que no veas. De esta creo que me muero.

Bueno, preciosa, te voy a dejar para ver si entro en calor porque si no me hielo. Cuando te escribo esta carta solo me quedan 52 días.

Muchísimos besos,

Juan Mari

(En la parte inferior de la carta, a la izquierda, una pequeña cruz vasca pintada con bolígrafo azul).

---

* Fue en la portada de un disco donde aparentemente mamá vio por primera vez la palabra «Eider» escrita, y, fiel a su estilo carente de épica, le pareció que sonaba bien.

El roble de papá está creciendo inclinado a pesar del tutor que pretende enderezarlo.

Cuando yo muera, papá no podrá ver llorar a la gente que me quiso, no podrá ver que conseguí mantener a mi alrededor a gente que me quiso, tampoco sabrá que he muerto.

Cuando yo muera, papá también seguirá muriendo, pero el árbol, los árboles, seguirán creciendo.

Este libro sería otro de no haberlo escrito con
La pasión según san Mateo de J. S. Bach de fondo.
Entonces no lo sabía, pero representa el sufrimiento
y la muerte de Cristo según el evangelio de san Mateo.

AGRADECIMIENTOS

A mi madre y a mi madre, por todo lo mucho que cabe en un «a pesar de todo», por la vida. A Lander, mi *arma* gemela, mi lector más cruel y el más alegre. A Arrate, por pintar tanto siempre. A Mikele, por tus clarividentes consejos. A Peru, por recordarme cada día que somos más de piel que de papel. A Oihana, porque los libros también se escriben con los pies, por todos los kilómetros que llevamos dentro. A Anari, por darme cobertura durante nuestras llamadas telefónicas sin cobertura. A Maialen, por el título, por las coplas, por aguantar la mirada. A Kattalin, por llamarme bestia parda cuando estaba convertida en un gorrión tembloroso. A Kepa, por robar el manuscrito y enviarme aquel mensaje que aterrizó en Girona. A Leire y a la gente de Susa, por demostrar que es posible editar sin traicionar. A Albert y a la gente de RH por el respeto, la delicadeza y el buen hacer. A Claudio, *in memoriam*, por confiar en mis crecederas. A Joan, Sara, Guillermo, Bernat, por corregirme sin piedad pero sin saña. A todas y todos los imprescindibles que escriben y leen en euskera. A las amigas de ambos lados de la frontera, os quiero. Y cómo no, a la inercia y a la fortuna, sin ellas no estaríamos aquí, gracias.